KB131662

전지적 독자 시점

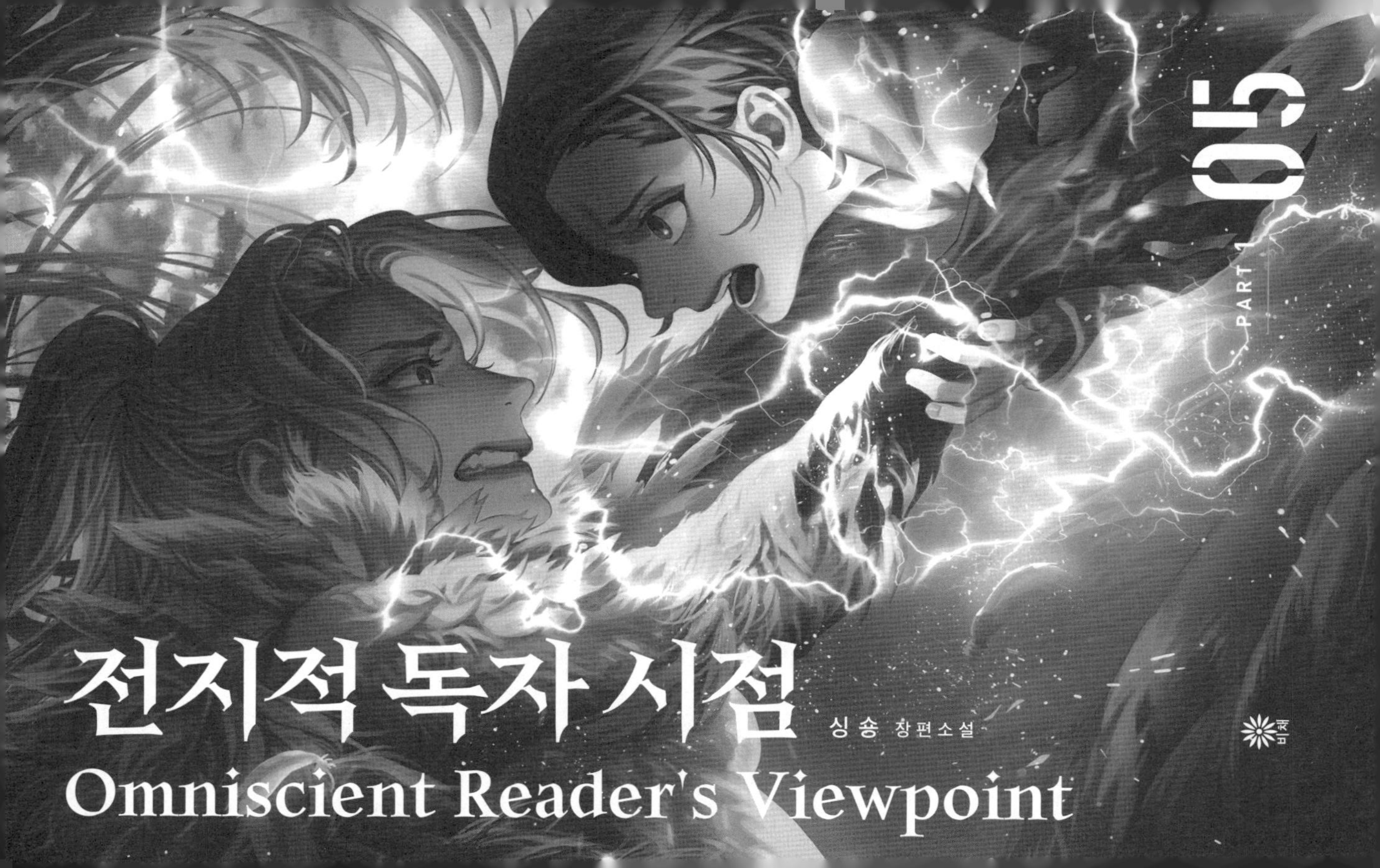
05
PART 1
전지적 독자 시점
싱숑 장편소설
Omniscient Reader's Viewpoint
비채

차례

Omniscient
Reader's
Viewpoint

19
Episode

특이점

(2)

Omniscient Reader's Viewpoint

4

그날 밤, 아이는 죽지 않았다. 유상아가 죽이기를 원하지 않았고 나 역시 동의했기 때문이다.

"……맘대로 해."

씩씩거리며 한수영이 사라졌고, 폐건물에는 나와 유상아만 남았다. 아이는 [점혈]로 잠깐 재워둔 상태였다. 유상아는 잠든 아이의 머리를 쓸어주더니 어두운 목소리로 입을 열었다.

"이 애가 '재앙'이라고요?"

"네."

"독자 씨 능력으로 알아내셨나요?"

"비슷합니다."

나는 멸살법에 나온 문장을 떠올렸다.

「다섯 번째 시나리오의 마지막 재앙. '범람의 재앙'은 가장 위험하고, 가장 슬픈 재앙이다.」

유상아가 입술을 깨물며 물었다.

"저 애도 '질문의 재앙' 같은…… 그런 건가요?"

"비슷하지만 조금 다릅니다."

범람의 재앙. 만약 본연의 힘을 모두 낸다면 '질문의 재앙'은 비교도 되지 않는 재앙이 찾아올 것이다. '질문의 재앙'은 고작해야 강동구를 반파하는 수준에서 잡혔지만, '범람의 재앙'은 그 정도가 아니다.

전력을 낸다면 서울은 한 시간도 채 되지 않아 멸망한다.

"하지만 아무리 봐도 재앙같이 보이지는 않아요. 고작 닷새 만에 이 아이가 재앙이 될 수 있을까요?"

현시점에서 보면 유상아의 말은 맞다.

지금의 아이는 재앙이 아니었다.

[전용 스킬, '등장인물 일람'을 발동합니다!]

〈인물 정보〉

이름: 신유승

나이: 11세

배후성: 없음(현재 2명의 성좌가 관심을 보이고 있습니다).

전용 특성: 비스트 테이머(희귀), 반성적 살해자(일반)

전용 스킬: [길들이기 Lv.5] [다종 교감 Lv.7] [기민한 발 Lv.6] [이종 호의 Lv.4]

성흔: 없음

종합 능력치: [체력 Lv.12] [근력 Lv.12] [민첩 Lv.16] [마력 Lv.24]

종합 평가: 마력이 준수하지만 전체적으로 능력치가 낮습니다. 뛰어난 재능과 희귀한 특성을 지녔으나 유약한 성정 때문에 성좌들에게 주목받지 못하고 있습니다.

신유승.

그 이름은 이 아이가 틀림없이 '재앙'이라는 사실을 보여주었다.

이 아이는 닷새 뒤 반드시 서울을 파괴하게 된다.

유상아의 말이 이어졌다.

"재앙은 운석에서 부화한다고 들었어요. 그런데 이 아이는 운석에서 부화하지도 않았고…….'

"맞습니다. 이 아이는 운석에서 부화하지 않았죠. 그냥 지구에서 태어나 자란 지구인입니다. 닷새 뒤에도 계속 지구인일 거예요.'

"그럼 대체 왜⋯⋯."

"질문의 재앙도 본래는 지구 출신이었죠."

유상아의 눈동자가 커졌다.

"설마 이 아이도 질문의 재앙처럼⋯⋯."

"맞기도 하고 아니기도 합니다."

"네?"

지구 출신의 '재앙'은 곧 '귀환자'이다. 다른 세계를 멸망시키고 돌아온 파괴자들. 이 아이 또한 클로노스를 멸망케 했으니 귀환자라고 할 수 있으리라. 하지만 그게 전부는 아니다.

클로노스의 다섯 재앙 중에서도 이 아이는 특별하다. 그리고 가장 위험하다.

"재앙으로 찾아오는 것은 이 아이가 아니라, 이 아이의 미래입니다."

"미래라고요?"

"이 아이는 수십 년 뒤 미래에서 지구를 끝장내기 위해 돌아오는 겁니다."

지금은 착하고 순수한 데다 심지어 예의까지 바른 이 아이는 훗날 세계에서 가장 끔찍한 재앙이 된다.

"한수영이 이 아이를 죽여야 한다고 말한 이유입니다. 죽여야만 다가올 아이의 '미래'를 없앨 수 있거든요."

그리고 그 재앙은 유중혁조차 막을 수 없다.

⌘ ⌘ ⌘

「유중혁은 자신의 가슴에 뚫린 공허한 구멍을 바라보았다. 당장 [기사회생]을 쓰지 않고서는 회복이 불가능한 상처. 그는 분노한 얼굴로, 그 상처를 만들어낸 여자에게 물었다.

"신유승. 왜…… 생각이 변한 거냐?"

"변해? 나는 변하지 않았어."

신유승이 웃었다.

"나는 대장이랑은 다르게 세계선의 회귀자가 아냐. 나는 시나리오의 톱니바퀴에 갇힌 장난감일 뿐. 지금의 나는 과거 회차의 대장이 만났을 '재앙'과 똑같은 인격이야."

"그럼 대체 왜……."

"지금이 3회차라며? 2회차에서도 기회는 줬을 거 아냐. 그런데 또 대장은 실패한 거고. 그렇게 정보를 많이 줬는데 말이지."

신유승은 무표정한 얼굴로 유중혁을 향해 슬픈 미소를 지었다.

"이 세계는 변할 수 없어. 대장은 그대로이고, 아무것도 바뀌지 않아."

신유승이 하늘의 그레이트 홀을 올려다보며 말했다.

"그래서 생각한 거야. 역시 이 세계는 여기서 끝나야 한다고."」

오랜만에 멸살법을 정독하자니, 스멀스멀 옛날 감성이 밀려온다. 멸살법은 이 맛에 보는 거지.

"야, 뭐 하냐?"

들려온 목소리에 스마트폰 화면을 껐다. 한수영이었다.

"어쩌기로 했어?"

"생각 중이야."

우유부단한 내 목소리에 한수영이 눈살을 찌푸렸다. 그녀는 얼마간 떨어진 데 있는 유상아와 신유승을 신경 쓰며 속삭였다.

"잊었어? 3회차에서 유중혁은 마지막 재앙한테 거의 끝날 뻔한다고."

"죽진 않았잖아."

"그게 그거지. 정면으로 싸우면 못 이기는 싸움이었다는 게 중요해."

한수영의 말은 사실이다. 3회차의 유중혁은 신유승 손에 거의 죽음에 이른다.

"만약 그때 망상악귀 김남운이 쟤를 죽이지 않았으면……."

그때 신유승을 죽인 망상악귀는, 불행히도 이번 회차에 없다.

"난 분명히 말했다, 반대라고. 그리고 경고하는데, 나만 그렇게 생각하는 것도 아닐걸?"

[고구마 같은 전개를 싫어하는 일부 성좌가 속을 태웁니다.]

[성좌, '긴고아의 죄수'가 고구마를 대비해 탄산을 준비합니다.]

[성좌, '악마 같은 불의 심판자'가 당신의 현명한 판단을 기대합니다.]

아무래도 이번 대화는 제대로 필터링이 안 된 모양이었다.

슬슬 미래 정보의 필터링이 조금씩 풀릴 때도 되었으니…….

신유승과 이야기하며 한숨을 푹푹 쉬어대던 유상아가 이쪽으로 다가왔다.

"독자 씨, 아무리 생각해도 이건 아니에요."

그녀는 간절한 얼굴이었다.

"아직 오지 않은 미래잖아요. 여기서 우리가 이 아이를 잘 돌보면 재앙이 안 될 수도 있지 않을까요? 그러니까 나비 효과 같은 게 일어나서……."

이 세계에 찾아오는 것은 '미래의 신유승'. 그리고 지금 이 세계는 신유승의 미래를 만든 '과거의 세계'다. 그러니 유상아 말이 아주 일리가 없는 것은 아니었다. 하지만.

"이 아이를 재앙으로 만드는 사건은 먼 미래에 발생합니다. 지금 우리가 어떻게 할 수 있는 일이 아니에요."

나비 효과는 그렇게 쉽게 일어나지 않는다.

태평양에서 나비가 날갯짓을 하면 지구 반대쪽에서 태풍이 분다? 이론상으로나 가능한 얘기다. 중요한 것은 그 날갯짓이 태풍이 되기까지의 시간이니까.

유상아의 표정이 급격하게 시무룩해졌다.

"그래도 혹시 모르잖아요……."

"다시 말씀드리지만 현시점에서는 불가능합니다. 설령 우리가 이 아이를 변화시킨다 해도…… 닷새 뒤에 찾아올 재앙이 바뀌진 않습니다."

유중혁도 몇 번인가 비슷한 시도를 했다. 가장 먼저 신유승을 찾아냈고, 그녀를 달래 재앙을 막아보려 했다. 하지만 실패했다. 지금의 신유승에게 어떤 변화를 줘도, 닷새 뒤에 미래의 신유승은 찾아온다. 그리고 서울을 멸망시킨다.

유상아 목소리에서 조금씩 힘이 빠졌다.

"왜 이 아이는 재앙이 되는 걸까요? 미래에 대체 무슨 일이 벌어지기에."

"거기까진 저도 잘 모르겠습니다."

물론 나는 알고 있었다. 하지만 굳이 이야기하지는 않았다. 그 대신 바닥에 주저앉은 채 고기를 뜯는 아이에게 다가갔다.

"맛있니?"

"……네."

멀리서, 나를 바라보는 유상아와 한수영의 시선이 느껴졌다.

'아니죠?'

'죽여.'

'그러지 않을 거죠?'

'죽이라고.'

사실 지금 신유승을 죽인다고 해서 결말을 향한 여정에 문제가 생기지는 않는다. 반면 지금 신유승을 죽이지 않으면 조금만 실수해도 서울은 끝장난다. 즉 단기적으로 보면 신유승을 살리는 것은 손해다.

고기를 뜯던 신유승이 알 수 없는 눈빛으로 나를 바라보았다.

"아저씨는 미래를 볼 수 있어요?"

"……응?"

"저…… 미래에 굉장히 나쁜 사람이 되죠?"

우리 대화를 엿들은 모양이었다.

나는 솔직히 답해주었다.

"아마도."

"얼마나 나쁜 사람인가요?"

"아마 서울에서는 제일 나쁜 사람이겠지."

"조커나 타노스만큼 나빠요?"

"그럴지도 몰라."

신유승이 힘없이 고개를 숙였다.

"이상한 일도 아니네요."

"왜?"

"전 이미 나쁜 사람이거든요."

말하지 않아도 무슨 이야기인지 짐작되었다. 어린 신유승이 이 세계에서 살아남을 수 있었던 이유를, 나는 이미 알고 있으니까.

[등장인물 '신유승'에 대한 이해도가 상승합니다.]

[전용 스킬, '전지적 독자 시점' 2단계가 발동합니다!]

「내가 죽였어.」

그녀는 첫 번째 시나리오에서 살아남기 위해 기르던 강아지를 죽였다.

「미안해요.」

이미 습격당해 쓰러진 노인에게서 외투를 훔친 일.

그런 존을 지키려고, 자신을 보살펴주던 여자를 따돌린 일.

누군가에게 쫓기던 남자를 무리에게 넘겨주고 식량을 얻은 일.

이런 세계에서는 누구나 저지를 법한 일이었다.

하지만 누구나 그런 일을 합리화할 수 있는 것은 아니었다.

「벌받을 거야. 살아 있을 가치 따위 없어.」

공포에 떨던 아이의 눈동자가 조금씩 의연해진다. 죽음을 결심한 사람의 표정은 아이나 어른이나 다를 것이 없다.

"저…… 죽이셔도 돼요. 준비됐어요."

내가 이 이야기의 주인공이라면, 망설임 없이 신유승을 죽였을 것이다.

하지만 나는 독자고, 독자는 독자의 선택을 한다.

나는 신유승의 머리를 짚으며 말했다.

"걱정 마. 내가 바라는 결말에 네 죽음은 없으니까."

이 아이를 죽인다면 유중혁의 회귀는 아무런 의미도 없게 된다. 과거를 바꾸기 위해 맞서 싸워야 할 자가, '미래가 정해져 있다는 이유'로 누군가를 죽인다면 그게 대체 무슨 의미가 있단 말인가.

그러니 나는 유중혁을 위해 이 아이의 죽음을 막을 것이다.

아이의 눈동자가 흔들렸다.

[등장인물 '신유승'이 당신에 대해 희미한 신뢰를 보입니다.]
[등장인물 '신유승'에 대한 이해도가 상승합니다.]

"하지만 제가 죽어야⋯⋯."

"재앙을 막을 방법은 있어."

뒤쪽에서 한수영이 한숨 쉬는 소리가 들려왔다. 유상아가 입술을 꼭 깨문 채 나를 보고 있었다.

"네가 도와준다면 가능해."

애초에 내가 바라는 결말은 불가능하다.

하지만 작은 불가능을 하나씩 가능으로 바꿔나가다 보면, 언젠가 불가능한 결말도 가능한 결말로 바뀔지 모른다. 그리고 신유승은 그 불가능한 이야기의 초석 중 하나가 될 것이다.

나는 곧바로 비형에게 부탁해 '도깨비 보따리'를 열고는 아이템을 몇 가지 구매했다.

신유승이 자신 없는 투로 중얼거렸다.

"하지만 제가 뭘 할 수 있을까요? 저는 그냥 애고, 배후성도 없는⋯⋯."

"배후성이 왜 없어?"

[당신은 화신 '신유승'에게 '성장 패키지 I'를 후원했습니다.]

신유승이 멍하니 입을 벌렸다.

[당신은 화신 '신유승'에게 '성장 패키지 II'를 후원했습니다.]
[당신은 화신 '신유승'에게 '신규 시나리오 기념 패키지'를 후원했습니다.]

(…)

계속해서 이어지는 메시지. 신유승의 안색이 파랗게 질렸다.
"이, 이게 다……."
"괜찮아, 나 돈 많아."
"아저씨는…… 대체 누구세요?"
"난 독자야. 김독자."
나는 현실감을 잃은 아이의 머리에 손을 얹은 채 말했다.
"앞으로 닷새 안에 너는 여기 있는 누구보다 강해질 거야."
내 말은 사실이었다.
비스트 로드Beast Lord 신유승.
이 아이는 훗날 이 세계 최강의 100인 중 하나가 된다.

언젠가 재앙이 될 수도 있는 이 아이는, 이번 회차에서 나의
'첫 번째 화신'이 될 것이다.

5

잠깐 잠이 들었나 싶었는데 눈을 뜨니 이른 새벽이었다.

[성좌, '악마 같은 불의 심판자'가 당신의 화신을 돌볼 것을 종용합니다.]

우리엘이 보낸 메시지에 나도 모르게 잠에서 깨어났다. 젠장, 어제 '배후성 선언'을 하고부터 성좌들은 계속 저 모양이다.

[성좌, '긴고아의 죄수'가 당신의 선택에 껄껄 웃습니다.]

사실 말이 배후성이지, 아직 설화도 제대로 못 쌓은 마당에 진짜 배후성이 될 수 있을 리는 없었다. 성흔 하나 못 빌려주는 성좌가 배후성은 무슨 배후성이겠나. 그래도 내가 어지간한 위인급보다 여유 자금은 많을 것이다.

[상당수의 성좌가 당신의 선택에 호기심을 갖습니다.]
[일부 성좌가 당신의 행동을 건방지다고 생각합니다.]

신유승을 후원하겠다는 내 선언에 성좌들 반응은 크게 둘로 나뉘었다.

호기심을 갖는 쪽은 '화신 찾기' 집단일 테고, 건방지다고 생각하는 쪽은 '유희 찾기' 집단―그중에서도 나를 싫어하는 녀석들이겠지.

물론 어느 쪽인지 정체가 불분명한 녀석도 하나 있었다.

[성좌, '은밀한 모략가'가 당신의 전략을 흥미롭게 지켜봅니다.]
[1,000코인을 후원받았습니다.]

처음 저 녀석 수식언을 봤을 때는 위인급 성좌라고 생각했는데, 최근에는 생각이 좀 바뀌었다. 평균적인 후원 규모도 그렇고, 저 여유도 그렇고. 저 녀석은 최소 설화급 이상이다. 하지만 멸살법을 아무리 찾아봐도 '은밀한 모략가'라는 이름은 없었다. 그렇다면 이계의 성좌이거나 멸살법에서는 제대로 다뤄지지 않은 녀석이란 얘기인데. 대체 누구지?

우우우웅.

어젯밤부터 신유승은 폐건물 한쪽 구석에서 스킬을 맹연습 중이었다. 내가 준 마력 회복 물약을 한가득 쌓아놓고, 근처에서 포획한 새끼 그롤에게 계속해서 스킬을 걸고 있었다.

신유승에게서 뻗어나온 희미한 기운이 그롤의 표피를 쓰다듬었다. 이길영에게서 본 [다종 교감]의 힘이었다.

나는 눈 밑에 시커멓게 다크서클이 내려온 신유승을 보며 물었다.

"유승아, 잠은 좀 잤어?"

"아직이요."

"안 자면 페널티 받아. 자고 나서 해."

"……조금만 더 하고요."

[등장인물 '신유승'이 '다종 교감 Lv.8'을 발동 중입니다.]

[등장인물 '신유승'이 '길들이기 Lv.7'를 발동합니다!]

(…)

['길들이기'가 실패했습니다!]

[괴수가 미쳐 날뛰기 시작합니다!]

한순간 통제에서 벗어난 그롤이 신유승에게 달려들었다. 내가 움직이기도 전에, 곁에서 잠꼬대하던 한수영이 암기를 날렸다. 콰악, 하는 소리와 함께 새끼 그롤은 그대로 폐건물 벽에 박혀 숨을 거두었다. 한수영이 또 잠꼬대를 하며 돌아누웠다. 신유승의 표정이 침울해졌다. 나는 아이를 잠시 바라보다가 스킬을 발동했다.

[전용 스킬, '등장인물 일람'을 발동합니다!]

요약 버전으로.

〈등장인물 요약 일람〉

이름: 신유승

전용 특성: 비스트 테이머(희귀), 반성적 살해자(일반)

전용 스킬: [길들이기 Lv.7] [다종 교감 Lv.8] [기민한 발 Lv.8]
[이종 호의 Lv.6]

성흔: 없음

종합 능력치: [체력 Lv.19] [근력 Lv.14] [민첩 Lv.44] [마력
Lv.45]

* 현재 '성장 패키지 I'를 적용 중입니다.
* 현재 '성장 패키지 II'를 적용 중입니다.
* 현재 '신규 시나리오 기념 패키지'를 적용 중입니다.

성장 패키지를 두 개나 갈아 넣었더니 역시 스킬 성장 속도

가 엄청났다.

게다가 특성 진화를 촉진하는 신규 시나리오 기념 패키지까지. 모르긴 몰라도 한반도 화신 가운데 이만한 패키지 지원을 받는 녀석은 없을 것이다.

본래 재능도 있는 아이니까 [다중 교감]은 조만간 10레벨을 돌파해 [상급 다중 교감]으로 진화하겠지.

문제는 이만한 능력치를 가지고 고작 8급 괴수종인 그롤 하나 제대로 길들이지 못하고 있다는 것. 사실 시스템상 있을 수 없는 이야기였다. 신유승이 면목 없다는 듯 고개를 숙였다.

"전 재능이 없나 봐요."

"충분히 재능 있어."

기껏 얻은 귀한 화신이 좌절하게 내버려둘 수는 없다. 신유승이 제대로 힘을 못 쓰는 것은 트라우마 탓이리라.

"마음에 걸리는 일이라도 있어?"

"……무서워서요."

뭐가 무서운지 추측하기는 그리 어렵지 않았다.

"괴수는 반려동물이 아니야."

"저도 알아요."

신유승은 기르던 강아지를 자기 손으로 죽였다. 그리고 살아남았다. 그 사실이 지금까지도 아이의 마음속 깊이 각인되어 있는 것이다.

나는 잠시 고민하다가 말했다.

"그거 알아? 시나리오를 다 깨면 소원을 이룰 수 있는데……."

"아저씨는 거짓말할 때 콧구멍이 커져요."

그러고 보니 길영이도 그런 말을 했지. [다중 교감]이 가능한 아이들은 신체 언어에 민감한지도 모른다. 아무튼 나는 위로에 능숙한 인간이 아니었다. 그런 나를 배려하듯 아이가 물었다.

"저, 잘할 수 있겠죠?"

"당연하지. 넌 내가 선택했으니까."

신유승의 눈동자가 흔들렸다.

"나는 서울 대신 널 택했어. 그리고 후회하지 않아."

"……."

"넌 누구보다 잘할 수 있어."

잠시 나를 올려다보던 신유승이 이내 고개를 숙인 채 주먹을 쥐었다 폈다 했다. 그러더니 내 얼굴을 요모조모 뜯어보기 시작했다.

"아저씨, 제가 정말 강해지면……."

"강해지면?"

한참이나 망설이던 신유승이 옅게 웃었다.

"아무것도 아니에요. 다시 열심히 해볼게요."

그러고는 돌아서서 스킬을 시전하는 신유승.

……갑자기 뭔가 기분이 찜찜한데.

문득 원작에서 신유승이 어떤 녀석이었는지 떠올랐다.

「"중혁 오빠 잘생겼어요."」

「"중혁 오빠 최고예요."」

「"중혁 오빠가 제일 좋아요."」

……이 녀석, 멸살법에서는 유중혁 팬이었지.

나이가 나이인지라 당연히 히로인 후보는 아니고, 그냥 졸졸 쫓아다니는 여동생 포지션이었다. 내 기억으로는 유미아랑 엄청나게 다퉜던 거 같은데…….

그렇게 생각하니 갑자기 조금 걱정된다.

이렇게 열심히 키웠는데 나중에 유중혁한테 빼앗기면 어떡하지?

고개를 돌려보니 한수영이 기지개를 켜며 일어나고 있었다. 나와 눈이 마주치자마자 픽 고개를 돌렸다.

어제부터 내내 뾰로통한 상태다.

"야."

"왜."

"계속 삐져 있을 거냐?"

"나한테 말 걸지 마."

"뭐 하나 물어보고 싶은 게 있는데."

나는 신유승에게 들리지 않도록 소리를 낮춰 물었다.

"……나 정도 외모면 어떻냐? 유중혁이랑 비교해서."

한수영이 귀에 벌레라도 들어간 듯한 표정으로 나를 바라보았다.

"대체 무슨 의도로 묻는 건데?"

"아니, 순수하게 정말 궁금해서 그래."

고등학교 졸업 이후, 한 번도 내가 어떻게 생겼는지 관심을 가져본 적이 없었다.

그런데 전에 만난 유중혁 동생도 그렇고, 예전에 선지자들 반응도 그렇고, 뭔가 내 외모가 탐탁지 않다고 여기는 모양이었다. 화장실에서 가끔 셀카 찍어보면 나도 못생긴 얼굴은 아닌 것 같은데.

[바람기 많은 한 성좌가 당신을 측은하게 바라봅니다.]

"그냥 받아들여."

"아니, 위로받고 싶어서 한 말이 아니라 그냥 궁금해서……."

"지금 해줄 수 있는 건 위로뿐이다."

제길.

"……그 정도냐?"

나는 조용히 신유승 쪽을 바라보았다.

결심했다.

절대로 저 애랑 유중혁을 만나게 해서는 안 된다.

¤ ¤ ¤

우리는 시간이 날 때마다 주변의 괴수종을 사냥했고, 코인을 모았다.

나는 코인이 모이는 족족 신유승에게 투자했는데, 덕분에 능력치가 놀라울 정도로 빠르게 성장하고 있었다.

코인은 주로 민첩과 마력에 사용했다.

[기민한 발]과 [길들이기], 그리고 [다종 교감]을 최대치로 활용하려면 두 능력치가 제일 중요하기 때문이었다.

다시 하루가 저물고 밤이 될 무렵, 신유승은 마침내 [상급 다종 교감]을 터득했다. 그러나 [길들이기]는 여전히 성공하지 못했다. 신유승이 물었다.

"……미래의 저는 훨씬 더 강하겠죠?"

물론이다.

정면으로 싸우면 지금의 신유승은 상대도 안 된다.

하지만 지금 집중적으로 수련하면 적어도 미래의 신유승이 가진 중요한 능력을 봉인할 수 있다. '범람의 재앙'이 위험한 것은 혼자 힘으로 하나의 군세를 이끌 수 있기 때문.

"아직 오지도 않은 미래보다, 현재의 너를 좀 더 믿도록 해."

미래의 신유승이 할 수 있다면 현재의 신유승에게도 가능성은 있다. 그녀가 자신의 미래와 대적하는 것만으로 우리에게 승산은 생긴다. 왜냐하면 미래의 신유승은 절대로 현재의 신유승을 죽일 수 없을 테니까.

"잘 먹었습니다."

깨끗하게 발라 먹은 그롤 뒷다리를 치우며 유상아가 짧게 기도했다.

"유상아 씨 종교 있었어요?"

"아뇨, 지금은 무교예요."

"그럼 왜 기도를……."

"올림포스 신들한테 했어요."

너무 현실적인 기도라서 조금 벙쪘다. 그러고 보니 우리가 아는 신들이 현실이 되었으니 기도의 대상도 굉장히 명확해진 셈이다.

"오늘은 저랑 한수영이 먼저 불침번 설게요. 유상아 씨 먼저 주무세요."

"그래도 괜찮겠어요?"

"네."

유상아는 꾸벅 고개를 숙이고는 먼저 잠을 청했다. 한수영은 반대쪽 벽에 기대앉아 스마트폰을 만지작거렸다.

불편할 수밖에 없다. 우리는 본래 적이고, 한수영의 사상은 유상아의 대척점에 있으니까. 앞으로 무슨 일을 하든 두 사람은 협력하기보다 반목할 일이 훨씬 많을 것이다.

피곤에 젖은 신유승까지 잠들자, 고적한 밤 위에는 타닥타닥 불씨를 일으키는 모닥불 소리만 남았다. 한수영이 먼저 말했다.

"너도 자."

바닥에 누웠지만 잠은 쉽게 오지 않았다. 다섯 번째 시나리오까지 남은 시간은 나흘. 신유승은 별다른 진척이 없었고, 오늘 낮에는 강서 지역에서 메시지가 들려왔다.

[누군가가 서쪽에서 강림한 '얼음의 재앙'을 처치했습니다.]

라는 메시지였다.

누가 처치했는지는 물어볼 필요도 없었다. 그대로 강림했다면 서울 일대를 빙하기로 만들었을 재앙을, 유중혁이 직접 나서서 막아낸 것이다. 아마 이현성과 조우도 무사히 끝냈겠지.

타오르는 불씨를 보던 한수영이 문득 입을 열었다.

"야, 하나 궁금한 게 있는데."

"너 못생겼어."

한수영이 인상을 찌푸렸다.

"누가 그딴 거 궁금하댔냐? 좀스러운 자식."

"그럼 뭔데?"

"넌 대체 뭘 하고 싶은 거야?"

"뭘 하다니?"

"목적이 뭐냐고. 매번 너 볼 때마다 이상해서. 왕좌 박살 낸 것도 그렇고, 쟤 안 죽이는 것도 그렇고…… 도대체 뭘 하려는 거야?"

"보고 싶은 결말이 있어."

"보고 싶은 결말?"

나는 고개를 가볍게 끄덕였다. 의외로 한수영은 더 캐묻지 않았다. 그 대신 다른 말을 꺼냈다.

"나도 쓰고 싶은 결말이 있었는데."

"네 소설?"

"응."

"나도 뭐 하나만 물어보자."

"뭔데?"

"왜 표절했어? 너 원래 글 잘 쓰잖아."

"표절 아니라니까? 너 멸살법을 무슨 성경처럼 여기는 모양인데, 그것도 다 어디서 따온 소설이거든? 초월적 존재들의 후원. 생존 미션. 게임 시스템에 회귀자 주인공. 요즘 그런 거안 쓰는 소설 찾기가 더 어렵지 않냐?"

"네 거랑 제일 비슷하니까 문제지."

"그것도 다 이유가 있어. 내가 이야기 하나 해줄까? 옛날 옛날에 한 가난한 소녀가 있었는데……."

"가난에 찌든 문학소녀가 좌절하고 먹고살 길을 찾다가 결국 남의 소설을 표절하게 된 이야기라면 사양할게."

멍하니 입을 벌린 한수영이 입술을 실룩였다.

"너 다른 사람 생각 읽을 수 있지?"

"……어?"

"아무튼, 그 뭔가 비슷한 게 가능하잖아. 그렇지?"

"내가 무슨 신인 줄 아냐? 그딴 스킬이 있으면 지금 이렇게 고생 안 했지."

[인물 '한수영'이 '거짓 간파 Lv.3'를 사용 중입니다.]

[인물 '한수영'이 해당 발언이 거짓임을 확인했습니다.]

한수영이 킥킥 웃으며 말했다.

"뭐, 아무튼 그거 가능하면 지금 내 생각도 읽어봐."

"못 읽는다니까."

"나, 정말 표절 안 했어."

내가 수상쩍어 바라보자, 한수영은 보란 듯이 자신에게 [거짓 간파]를 사용했다.

[인물 '한수영'이 해당 발언이 진실임을 확인했습니다.]

……뭐?

"멸살법을 읽은 건 맞는데, 비슷하게 쓴 건 그냥 우연이야. 난 내가 꾼 꿈을 그대로 옮겨 적은 것뿐이라고."

[인물 '한수영'이 해당 발언이 진실임을 확인했습니다.]

무슨 소리인가 했더니, 이 녀석 이제는 무의식을 방패로 삼고 있다.

"어쨌든 봤잖아. 봤으니 꿈을 꿨겠지."

"그럴지도 모르지. 그런데……."

머뭇거리던 한수영이 말을 이었다.

"요즘 가끔 그런 생각이 들어."

"무슨 생각?"

"만약 이 현실에 원작이 있고, 내가 그 원작의 재현에 불과하다면, 애초에 나란 존재는 원작의 표절이 아닐까, 하는……."

"대충 내가 못 알아들을 것 같은 이야기로 넘어가려는 모양인데……."

"그냥 그런 생각도 들었단 얘기야."

사실 나도 안 해본 생각은 아니었다. 멸살법이 현실이 되었을 때부터 줄곧 생각했다. 이 세계는 소설 위에 덧씌워진 현실일까, 아니면 현실이 소설로 바뀌는 걸까. 나는 고개를 휘휘 저으며 일어났다.

"야, 불침번 바꾸자. 너부터 자라. 그런 머리 아픈 이야기 자꾸 꺼내면 채널에 성좌들 줄어든다고."

"안 그래도 요즘 너랑 같이 다니면서 성좌들 후원 줄었어."

"그건 네가 자꾸 답답한 짓을 하니까 그렇지."

우리는 그 후로도 서로 몇 마디를 더 쏘아붙이다가 입을 다물었다. 나는 폐건물 벽에 기댄 채, 코를 골며 잠든 한수영을 바라보았다.

우습지만 그런 생각이 들었다.

그래도 저 녀석이 있어서 조금은 다행인지도 모르겠다고.

이 세계가 '소설'이라는 걸 아는 사람이, 나 혼자는 아니라는 사실에서 오는 기묘한 위안…….

그러다 어느 순간 나는 꾸벅꾸벅 졸기 시작했다.

너무 피곤했기 때문일 수도 있고, 예상치 못한 위로에 방심

했을 수도 있다. 나는 금방 잠들고 말았다. 짧지만 달콤한 휴식이었다. 하지만 잠들지 않아야 했는지도 모른다.

다음 날 눈을 떴을 때, 한수영은 싸늘한 주검이 되어 있었다.

20
Episode

범람의 재앙

Omniscient Reader's Viewpoint

1

한수영의 맥을 짚는 순간, 심장이 덜컥 내려앉았다. 한수영
이 죽었다는 사실보다, 내가 그토록 놀랐다는 사실에 더 놀랐
다. 잠시 후에야 조금씩 이성이 돌아왔다.

"……독자 씨?"

뭔가 눈치챘는지 유상아도 자리에서 일어났다. 나는 유상아
의 도움을 받아 한수영의 주검을 살폈다.

"상처는 없어요."

상황은 오리무중이 되었다.

상처가 없다. 그렇다면 독인가?

중독 흔적도 없이 한수영을 죽일 만한 독이라면 무형지독
뿐이다.

하지만 그런 독이 벌써 풀렸을 리 없다. 의문은 그것만이 아

니었다. 독을 썼으면 왜 나머지는 무사하다는 말인가? 설령 그런 독을 보유한 녀석이 있더라도 한수영만 골라서 독을 쓸 이유가 없는데.

애초에 내가 갑자기 잠이 든 것부터가 이상하다.

잠깐만, 잠이 들어?

"으…… 죄송해요. 제가 너무 많이 잤죠."

부스스 눈을 뜨는 신유승이 보인다.

나는 유상아를 돌아보았다.

"혹시 유상아 씨도 계속 주무셨습니까?"

"……네."

유상아가 민망한 듯 얼굴을 붉혔다. 유상아도 잤다면, 어젯밤 불침번은 없었다는 이야기다. 즉 마지막 불침번인 내가 잠든 이후 모두 자버린 셈이다.

바보였다.

의심은 '누가 어떻게 한수영을 죽였을까'가 아니라 '내가 왜 잠이 들었을까'부터 출발해야 했다.

수면 마법? 아니다. 그런 마법은 귀환자나 즐겨 쓰니까.

점혈? 쓴다 해도 내 감각을 속일 수 있어야 한다.

남은 답은 하나뿐이다.

화톳불 쪽으로 다가가 보니 어제 먹은 그롤의 뼈가 즐비했다. 모두 잠들었다면 가장 가능성이 있는 것은 이쪽이다. 깨끗이 발라 먹은 뼈 무덤을 치우자, 바닥에 부스스 떨어진 녹색 가루가 눈에 띄었다.

야나스프레타의 줄기.

역시나. 누군가 그롤 고기에 줄기 가루를 섞었다. 야나스프레타 줄기는 진액과 같이 먹지 않으면 강력한 수면 유발 효과가 있다. 이계의 식재라 '동의보감'으로도 피독이 안 되는 식물. 그래서 늘 점액을 같이 끓여 먹었는데…….

"어제 그롤을 요리한 게 누구였죠?"

"아마 수영 씨가……."

나는 가볍게 한숨을 내쉬었다. 어제는 신유승이 길들이기에 실패한 새끼 그롤의 고기를 먹었다. 그리고 새끼 그롤을 죽인 사람은 다름 아닌 한수영이었다.

"한 방 먹었네요."

나는 창백한 한수영의 시신을 향해 다가갔다.

너무 당황한 나머지 잠시 잊고 있었다. 아바타는 머리가 터지지 않는 한 소멸하지 않는다. 하지만 왜 이런 장난을 쳤을까? 어차피 '임시 서약서'에 묶여 있어서 도망도 못 갈 텐데.

그때, 한수영의 심장 쪽에서 파란색 빛이 올라왔다.

……저건?

"잠시만요."

나는 일행들 반응에도 아랑곳하지 않고 한수영의 머리로 손을 가져갔다. 다음 순간 푸른 빛이 터지며 아바타가 그대로 소멸했다.

[인물 '한수영'의 아바타가 계약 위반의 효과를 대신 받고 있습니다.]
[인물 '한수영'이 자신의 아바타를 제물로 '임시 서약서'의 페널티를 대부분 상쇄합니다.]

"아……."

그제야 뭔가 납득했는지 유상아가 신음을 흘렸다.

나도 아바타에 이런 기능이 있을 줄은 몰랐다. 원작에서 본체를 대신해 피해받는 것은 봤지만, 설마 계약 대가를 대신 치를 수도 있을 줄이야.

'대부분'이라는 조건이 붙은 것으로 봐서 완벽하게 상쇄되지는 않은 모양인데, 그래도 본체가 죽지는 않았으리라.

신유승이 물었다.

"그 언니는 가버렸어요?"

"그런 것 같네."

왜, 라는 질문은 의미가 없었다.

생각해보면 한수영은 나와 함께 다녀서 좋을 게 별로 없었다.

—안 그래도 요즘 너랑 같이 다니면서 성좌들 후원 줄었어.

나는 곧 충무로역 일행들과 조우할 텐데 그들도 유상아 못지않게 한수영을 적대시할 것이다.

—쳇. 신뢰 못 받는 사람은 서러워서 살겠나.

한수영은 또다시 혼자가 된 것이다. 잠깐이지만 그녀가 일행이 될 수 있다고 착각했는지도 모른다. 아바타가 새하얀 가루로 흩어진 자리에는 약간의 코인과 쪽지 한 장이 놓여 있었다.

—밥값.

정말이지 그 녀석다운 작별이었다.

마치 지금까지의 시간을 무로 돌리는 것처럼, 녀석의 아바타는 불어온 강바람에 훌훌 날려 사라졌다. 다만 한 가지, 아바타를 통한 '대리 사망'이 가능한데 한수영이 왜 지금까지 나와 같이 있었느냐가 궁금한데…….

모르겠다.

유상아의 마음을 읽을 수 없듯, 한수영의 마음도 읽을 수 없다. 모든 것을 설명하는 멸살법도 이런 점은 알려주지 않는다.

"우리도 일어나죠."

찌릿, 하는 느낌과 함께 묘한 감각이 찾아왔다.

전지적 독자 시점?

나는 본능적으로 느낌이 온 방향을 보았지만, 딱히 눈에 띄는 것은 없었다.

……착각인가?

✿ ✿ ✿

"멍청이."

한수영이 멀찍이 떨어진 고층 건물 위에서 폐건물 쪽을 내려다보며 말했다. 찢어진 청바지 사이로 스며드는 한강 바람이 차가웠다. 그녀는 입술을 깨문 채 중얼거렸다.

"찾는 시늉이라도 해야 하는 거 아냐?"

말을 하면서도, 그럴 리가 없음을 알고 있었다.

당연한 일이다.

그 또한 한수영만큼이나 '독자'일 테니까. 메모장을 켜서 뭔가 메모하기 시작했다. 영감이 떠오를 때는 적어야만 하는, 작가의 어쩔 수 없는 버릇이었다.

「책을 잘 읽는다고 해서, 사람까지 잘 이해하리란 법은 없다.」

"……뭐, 또 만나겠지."

한수영은 김독자가 원하는 결말이 무엇인지 알지 못했다. 하지만 그들이 결말을 향해 움직이는 한 반드시 만나게 되어 있다.

「다음에 만났을 때 그들이 적일지 아군일지는 그녀 역시 알 수 없었다.」

한수영은 스마트폰 화면을 끄고, 길을 따라 걸어갔다.

¤ ¤ ¤

오전 시간이 쏜살같이 지나갔다.

그날 오후, 신유승의 마력과 민첩은 시나리오 한계치인 60레벨에 도달했다. 슬슬 때가 되었다고 느낀 나는, 비형에게 '배후 계약서'를 구입했다. 비형은 투덜거리면서도 계약서를 내주었다.

―네가 이런다고 '재앙'이 바뀌지 않는다는 건 알지?

'……'

―저 아이의 현재는 미래의 재앙에 직결되어 있지 않아. 재앙은 다른 세계선에서 파생된 우주에서 오는 거라고. 설령 존재가 연결되어도 역사는…….

'쓸데없는 소리 말고 계약서나 내놔.'

나는 계약서를 모두 쓴 뒤 신유승에게 건네주었다.

"나는 지금 성흔도 없고, 다른 성좌처럼 힘을 빌려줄 수도 없어. 하지만 코인은 꽤 많아."

"……"

"싫으면 계약 안 해도 돼. 하지만 나랑 계약하면 분명 후회하지 않을 거야."

"이걸 쓰면 다른 성좌랑은 계약 못 하는 건가요?"

"그래. 하지만 걱정 마. 다른 배후성처럼 간섭하지는 않을 테니까."

신유승은 잠시 머뭇거렸으나 이내 결심한 듯 고개를 끄덕였다.

"좋아요. 어차피 아저씨 믿기로 했으니까."

['배후 계약'이 체결됐습니다.]

[당신은 화신 '신유승'의 배후가 됐습니다.]

눈부신 광휘가 솟아나 신유승과 나를 감쌌다. 하지만 화려한 빛살과 달리 떠오른 메시지는 초라했다.

[당신은 성좌가 아닙니다. 배후성의 권한 대부분을 사용할 수 없습니다.]

〈사용 가능한 권한 목록〉

1. 화신 후원
2. 화신 독려

뭐, 예상은 했다.

아직은 이 정도겠지.

[성좌, '긴고아의 죄수'가 콧김을 뿜습니다.]

[성좌, '은밀한 모략가'가 당신의 첫 계약을 축하합니다.]

[5,000코인을 후원받았습니다.]

[상당수의 성좌가 당신의 배후성이 되기를 원합니다.]

성좌들 반응도 뜨거웠다. 십악 공필두 때와는 다르다. 이제 신유승은 나의 직속 화신이 되는 것이니까.

'화신 찾기' 집단 성좌들은 내게 열광할 수밖에 없었다.

아직 성좌가 아니면서 '화신'을 둔 '화신'.

나와 계약을 한 성좌는 자연히 신유승도 휘하로 들이게 된다. 내가 이런 식으로 화신을 늘릴수록 나를 원하는 성좌도 급격하게 늘어날 것이다.

─채널 터지겠네……!

행복해 비명을 지르는 비형을 뒤로하고 나는 일행을 돌아보며 말했다.

"슬슬 출발할 때가 된 것 같습니다. 한강을 건너죠."

"아직 다리를 못 찾았는데 괜찮을까요?"

"수영해서 갈 겁니다."

"네?"

"수영할 줄 아시죠?"

"할 줄은 알지만……."

유상아가 걱정스러운 표정으로 나와 한강을 번갈아 보았다. 뭘 걱정하는지는 알 만하다.

한층 더 높아진 한강 수위. 강에는 어제보다 많은 수의 어룡이 배회하고 있었다. 하나하나가 7급에 해당하는 녀석들. 신유승이 말했다.

"저 수영 못 하는데……"

"넌 이거 붙잡고 건너와."

　나는 미리 구해둔 스티로폼 박스를 내밀었다. 그리고 유상아에게 부탁해 [아라크네의 거미줄]로 박스와 나를 연결했다.

"갑시다."

　내가 망설이지 않고 한강에 뛰어들자 유상아도 곧바로 쫓아왔다. 신유승은 살짝 겁먹은 눈치였지만 곧 스티로폼을 붙잡고 한강 물에 발을 담갔다.

　차가운 수온이 몸을 감쌌다. 낯선 괴수들의 물비린내. 어룡들 움직임이 달라지기 시작했다. 유상아가 물었다.

―진짜로 괜찮을까요?

　물론 괜찮지 않다.

　하지만 남은 시간을 고려하면, 확실한 방법은 이것뿐이다.

―정말 위험해지면 바로 나올 겁니다.

―……네.

―그러니 진짜 위험해지기 전에 위험해진 것처럼 구세요.

―네?

―그래야 유승이가 빨리 각성합니다. 일부러 위기를 연출하세요. 아셨죠?

　나는 그대로 스티로폼을 끌고 헤엄치기 시작했다.

신유승에게 걱정 말고 스킬 레벨만 올리라고 한 데는 다 이유가 있었다. 특성창에는 표시되지 않지만, 그녀에게는 타고난 상황 적응력과 임기응변이 있다.

평범한 여자아이는 결코 다섯 번째 시나리오까지 살아남을 수 없다.

그저 착한 아이인 것 같지만 신유승의 내면은 그리 단순하지 않았다. 일촉즉발의 위기에 반려견을 죽이고, 어른들을 속이며, 강자의 호감을 사기 위해 자신을 위장하는 아이. 신유승은 그런 아이다. 처음 우리를 만났을 때부터 머릿속에서는 여러 가지 계산이 오갔겠지.

나는 벌써 주변 눈치를 보는 신유승을 향해 말했다.

"유승아."

"네, 네!"

"도망치지 마."

"……."

"만약 여기서 도망치면, 넌 다시는 돌아갈 수 없어."

희미하게 벌어졌던 신유승의 입이 닫혔다. 신유승은 영악하다기보다는 영리한 아이다.

"네가 할 수 있는 일을 해."

잔꾀는 먹히지 않는다.

아이라는 이유로 보호해줄 사람도 없다.

"……알겠어요."

두려움은 공포로, 공포는 이내 결의로.

[등장인물 '신유승'이 '상급 다종 교감 Lv.3'을 발동합니다!]

주변으로 밀려드는 살기. 먹잇감을 노리는 포식자의 기척이 늘어나고 있었다. 일단 수면에 보이는 것만 열 마리. 한 번에 해치우기는 어려운 숫자였다. 하지만 도망치려면 도망칠 수는 있다. 어쨌든 한강만 벗어나면 어룡은 쫓아오지 못하니까.

"독자 씨!"

유상아의 경고성. 어룡의 습격이 시작되었다. 날카로운 송곳니가 사방에서 동시에 날아들었다.

['신념의 칼날'이 활성화됩니다.]

나는 칼날을 휘둘러 아가리 하나를 꿰뚫었다. 비껴간 어룡들의 몸체가 수면을 때렸다. 한강을 뒤집는 용틀임. 나는 강물과 함께 허공을 날았다. 돌아보니 스티로폼을 놓친 신유승도 공중으로 떠오르고 있었다.

하늘에서 날파람이 일더니 유상아가 신유승을 향해 거미줄을 뻗었다.

[헤르메스의 산책법]에 [아라크네의 거미줄]의 연계.

유상아가 무사히 신유승을 받아내는 사이, 나는 한 마리의 사체를 발판 삼아 딛고 서서, 다가오는 어룡들을 향해 검을 휘두르기 시작했다.

"이쪽이다 자식들아!"

십여 마리가 물살을 가르며 내 쪽으로 헤엄쳐 왔다. 강물이 거대한 파도처럼 넘실거렸다. 내가 올라탄 어룡의 사체도 위태롭게 출렁였다. 호흡을 가다듬으며 자세를 바로잡았다.

[바람의 길]을 사용하면 쉽게 위기를 타개할 수 있겠지만, 그래서는 처절함이 부족하다.

"아저씨!"

유상아 품에 안긴 신유승의 표정이 다급해졌다. 송곳니 몇 개가 살갗을 파고들었고, 나는 연속해서 검을 휘둘렀다. 한 마리가 치명상을 입고 나가떨어졌을 뿐 위기는 그대로였다. 흘러내리는 피는 금방 식었고 숨은 점점 차올랐다. 하지만 나는 웃었다.

더 조급해져라.
더 간절해지고.
더 절박해져라.
그래야만 해.

푸슈슈슈슛!

어룡 송곳니가 스친 곳에 흉측한 상처가 만들어졌다. 너덜거리는 살점. 피가 쏟아졌다.

「안 돼―!」

귀청을 찢을 듯한 메시지가 귓가를 울렸다.

[등장인물 '신유승'의 특성 진화가 임박했습니다.]
[화신 '신유승'이 트랜스 상태에 돌입합니다.]

신유승의 눈이 하얗게 물들고 있었다. 전력을 다할 때의 이길영과 똑같은 모습. 내가 생각한 그대로였다. 모든 것은 신유승의 이 순간을 위해 연출되었다.

[등장인물 '신유승'이 '길들이기 Lv.9'를 발동합니다!]

60레벨의 마력이 폭포수 같은 아우라를 쏟아내며 한강 물살을 타고 번져나갔다. 달려들던 어룡들 기세가 주춤했다. 그러더니 거대한 정신에 감응하기라도 하듯, 몸을 떨며 신음을 흘렸다.

기이이이…….

수면에 보이는 어룡 무리가 더 늘어났다.

아까는 열 마리 정도였는데, 이제 스무 마리를 훌쩍 넘었다. 수면 아래까지 합치면 배 이상의 어룡이 모여들고 있다는 뜻.

이내 어룡들은 다시 나를 바라보았다. 혼란해졌는지 더욱 흉폭한 살기를 뿜어댔다.

빌어먹을, 실패인가?

"유상아 씨!"

어쩔 수 없다. 이제 유상아의 성흔을 이용해 빠르게 벗어나는 것이 최선이다. 고개를 끄덕인 유상아가 실을 뿜으며 어룡들을 피해 다가왔다. 나는 신유승을 불렀다.

"유승아. 그만해도 돼. 신유승!"

대답이 없었다.

신유승 주변에서 일어난 기파가 점차 거세지더니, 이내 아이의 몸은 완연한 푸른빛 아우라로 뒤덮였다.

강 중간쯤에서 소용돌이가 일어난 것은 그때였다.

나는 손쓸 틈도 없이 물살에 휩쓸렸다. 주변 어룡들이 일제히 몸을 부딪히며 비명을 질렀고, 나는 어룡 비늘에 간신히 매달린 채 원심력을 견뎌냈다.

그리고 다음 순간.

거대한 물보라가 치솟더니, 다른 어룡의 대여섯 배는 될 법한 크기의 어룡이 천천히 몸을 일으켰다. 너무 커다래서 그게 정말 어룡일 것이라고는 생각지 못했다. 내가 죽인 씨-커맨더보다 더 큰 녀석이었다.

위엄이 넘치는 수염. 하나의 종족을 지배하는 고고한 눈빛.

주변의 모든 어룡이 머리를 수면으로 굽히고 있었다.

[5급 해수종海水種 '퀸 미르바드'가 나타났습니다!]

……제기랄, 하필이면 이 녀석을 불렀단 말인가?

신유승의 재능이 뛰어난 줄은 알았지만 설마 '퀸'을 부를 정도일 줄은 몰랐다.

무려 소재앙에 필적하는 괴수종.

[책갈피]를 열어 [바람의 길]을 발동하려는 순간, 유상아의 목소리가 들렸다.

"……독자 씨?"

돌아보니 신유승의 몸이 허공에 떠 있었다.

퀸 미르바드의 몸체까지 뻗어진 아우라의 길을 따라 신유승이 천천히 다가갔다. 퀸은 신유승을, 신유승은 퀸을 바라보았다. 신유승의 작은 손이 퀸의 콧등을 가만히 쓸었다.

주변 물살이 가라앉고, 수면 위 어룡들이 조용히 자취를 감추었다.

다시 돌아보았을 때 신유승은 퀸의 머리에 타고 있었다.

나는 새삼 신유승이 어떤 존재인지 실감했다.

비스트 로드.

모든 괴수의 지배자.

천천히 눈 색깔이 돌아온 신유승이 나를 보았다.

아무것도 아니라는 듯이 코피를 쓱 훔친 녀석이 말했다.

"가요, 아저씨."

나는 고개를 끄덕였다.

2

언젠가 한명오 부장이 몰디브 별장에 개인 요트를 샀다며 자랑한 기억이 있다. 뭐랬더라. 프로펠러가 물살을 가르는 순간, 바다에 고속도로가 뚫린 듯한 기분이랬나?

그 느낌이 뭔지 정확히 알겠다.

한 부장이 달린 바다가 경부고속도로쯤이었다면, 나는 지금 아우토반에 있는 것 같으니까.

"……놀랍네요, 정말."

퀸 후면에 올라탄 유상아와 나는 갈라지는 강물을 보며 넋을 놓았다. 신유승은 퀸에 대한 통제력을 시험하기라도 하듯, 강 건너편으로 직진하지 않고 물살을 가르며 어룡 무리를 이끌었다. 이제 한강은 안전 지대가 되었으니, 기왕이면 용산구에 가까운 뭍으로 이동하기 위해서였다.

그오오오오.

어미를 따르는 새끼 오리처럼 어룡들이 퀸 미르바드에 호응해 대열을 맞춰 헤엄쳤다. 얼굴을 난타하는 시원한 바람을 느끼며 나는 눈을 감았다. 세계가 예전 그대로였다면 누리지 못했을 사치였다.

신유승은 퀸의 정신과 싱크로를 맞추며 퀸 머리에 붙은 채 뭔가 계속 중얼거리고 있었다. 그런 신유승을 보던 유상아가 복잡한 심경이 묻어나는 목소리로 물었다.

"그런데 독자 씨. 지금 유승이가 강해져버리면 미래에서 올 유승이도 더 강해지지 않을까요?"

똑똑한 유상아가 그런 질문을 할 거라 예상했다.

"그렇지는 않을 겁니다."

원작대로라면 이번에 찾아올 재앙은 '다른 회차의 미래'에서 온 신유승이었다.

유중혁에게 배신당해 세계선 바깥으로 버려진 신유승.

그녀는 자신의 시간 분기를 잃고 먼 우주를 떠돌다가 스타 스트림에 복속되어 시나리오의 일부가 된다. 그리고 초반 시나리오에 '재앙'으로 강림하는 것이다. 유상아가 다시 의문을 제기했다.

"그러면 지금의 유승이가 죽어도, 미래의 재앙은 죽지 않는 거 아닌가요? 분기가 완전히 다르니까……."

"'끊어진 필름 이론'이라고 들어보셨습니까?"

"……아뇨."

나는 두 쪽으로 갈라지는 물살을 보며 입을 열었다.

"쉽게 말하면 이런 겁니다. 우리 세계에 있는 유승이의 역사를 하나의 '필름'이라고 가정해보죠."

"필름…… 영화 필름 말하는 건가요?"

"맞습니다."

"평행우주론인가요? 여기서 필름은 다른 우주의 역사를 비유한 거고."

나는 고개를 끄덕이며 말했다.

"우리가 있는 이 우주의 유승이를 '1번 필름'이라고 가정한다면, 분명 다른 세계선에도 무수히 많은 필름이 있을 겁니다. 2번 필름도 있을 거고, 41번 필름도 있을 거고."

"세계선의 숫자만큼 필름도 많겠네요."

"그런데 그 필름 중 하나가, 앞쪽이 끊어진 채 1번 필름 뒤쪽에 붙으면 어떻게 될까요?"

"네?"

"가령 찢어진 41번 필름 뒷부분이 1번 필름 뒤쪽에 들러붙는다면? 그 필름을 상영하면 어떻게 될 것 같습니까?"

유상아는 잠시 골몰하는 듯했다.

"그러면 영상이 도중에 바뀔 텐데…… 아, 잠깐만요. 그래서 두 이야기가 서로 영향을 못 끼치는……?"

"맞습니다."

"아…… 지금의 유승이가 그런 상황이군요. 1번 필름의 유승이가 현재라면, 41번 필름의 유승이는 재앙. 그런데 두 이야기가 완전히 독립적으로 존재하니까, 우리 세계의 유승이가 변해도 재앙에게는 영향을 미칠 수 없는 거고……."

역시 유상아는 똑똑하다.

"하지만 그래도 의문은 해소가 안 돼요. 그럼 지금의 유승이가 죽어도, 재앙은 그대로 있어야 하는 거 아닌가요?"

"테이프 내용은 서로 영향을 미치지 못하지만, 두 테이프는 '이어져' 있습니다."

"네?"

"만약 앞쪽 테이프에 불이 붙으면 어떻게 되겠습니까?"

유상아가 작게 탄성을 질렀다.

"뒤쪽 테이프도…… 타겠군요."

두 개의 세계선이 강제로 연결되었으니, 지금의 신유승이 죽으면 미래의 신유승도 죽는다.

하지만 지금의 신유승이 바뀐다고 해서 미래의 신유승이 갑자기 변하지는 않는다. 그 애매한 패러독스가 이 재앙의 핵심이었다.

"독자 씨는 정말 아는 게 많으시네요. 평행우주론은 들어봤어도 그런 이론은 처음이에요."

나는 어색하게 고개를 끄덕였다. 당연히 모를 수밖에. 멸살법 작가가 만든 이론이니까. 누차 말하지만 멸살법이 괜히 망한 게 아니다.

잠시 후 가벼운 정거음과 함께 물결이 잠잠해졌다. 마침내 한강 반대편에 도착한 것이다.

퀸은 우리를 바닥에 내려주고 다시 물속으로 사라졌다.

그제야 긴장이 풀렸는지 신유승이 땅이 꺼지도록 한숨을 내쉬었다.

"고생했어."

"네."

신유승은 묘하게 상기된 얼굴이었다. 칭찬받는 게 좋은 모양이다. 이제 이 아이에게 칭찬을 해줄 사람은 아무도 남지 않았으니까.

그때, 용산구의 빌딩 숲 사이에서 사나운 적의가 느껴졌다.

거대한 그림자가 드리워지더니 초록빛의 거대한 낫이 등장했다.

……거대 사마귀?

충왕종 머리에 탄 소년들이 나를 내려다보고 있었다.

"독자 형?"

삐뚜름하게 스냅백을 쓴 이길영, 헤드폰을 낀 한동훈. 미끄러지듯 사마귀 몸을 타고 내려온 이길영이 곧장 내 품에 달려들었다.

스냅백이 벗겨져서 까슬한 머리가 그대로 만져졌다.

정확히 일주일 만의 재회였다.

위이잉, 하는 소리가 나더니 스마트폰으로 메시지가 왔다. 한동훈이었다.

─반가워요, 형.

"오랜만에 만났는데, 이젠 좀 말로 하면 안 되냐?"

―싫어요.

❉ ❉ ❉

이길영과 신유승은 만나자마자 묘한 신경전을 벌였다. 이길영의 머리카락은 더듬이라도 되는 듯 어지럽게 움직였고, 신유승은 시시각각 솜털을 곤두세우며 이길영을 견제했다.

"아저씨, 저 남자애가 자꾸 째려봐요."

"형, 쟤 누구예요?"

동류끼리는 알아보는 모양이다. 한쪽은 괴수 마스터, 다른 한쪽은 벌레…… 마스터니까. 둘이 잘 맞으려나 모르겠네.

나는 이길영에게 물었다.

"희원 씨는 아직 못 만났니?"

"네. 근데 어디 있는지는 알 것 같아요. 벌레들 보내서 찾아봤거든요. 희원 누나 지금 북쪽에 있어요."

북쪽이라면 방랑자들의 왕이 기거하는 곳이다. 어쩌면 정희원은 그쪽과 접촉했을지도 모르겠다.

"형이 올 것도 알고 있었어요. 물방개를 잔뜩 보내놨거든요."

그러고 보니 이길영 머리 위에 벌레가 늘었다. 전에는 바퀴벌레만 있었는데…… 신유승이 징그럽다는 듯 눈살을 찌푸렸다.

나는 일행의 전력을 점검한 뒤 결론을 내렸다.

"남은 이틀은 이곳에서 머무는 게 좋겠습니다. 각자 스킬 숙련치는 최대한 올려두고, 남는 시간엔 틈틈이 코인을 모으세요. 종합 능력치는 찍을 수 있는 데까지 모두 찍어두시고요.

아, 그리고…… 유상아 씨."

"네."

"가족이랑 연락은 하셨습니까?"

가족이라는 말에 유상아의 표정이 급격하게 어두워졌다.

예상대로 아직 못 한 모양이었다.

"동훈아."

헤드폰을 낀 한동훈이 말없이 고개를 끄덕였다. 한동훈은 [광역 인터넷] 스킬을 가지고 있다. 즉, 외부와 통신이 가능하다는 뜻이다.

곧 유상아의 스마트폰이 울리며 인터넷이 연결되었다는 메시지가 떠올랐다. 유상아는 눈을 의심하는 듯 한참이나 내려다보다가 울상을 지은 채 나를 보았다. 나는 고개를 끄덕이며 말했다.

"가족분들에게 이쪽 상황도 전해주세요. 이번 시나리오가 끝나면 서울 외곽도 안전 지대가 아닙니다."

"……무슨 일이 벌어지는 건가요?"

"언제 어떻게 될지 모르니 대비하라고 해두세요. 지금은 그 정도가 최선입니다."

"독자 씨는 연락 안 하세요?"

"저는 괜찮습니다."

"하지만……"

"제 가족은 서울에 있습니다."

"서울에요? 그럼······."

"그 사람은 안전합니다."

나는 말없이 북쪽을 바라보았다. 그러자 기다렸다는 듯 시스템 메시지가 들려왔다.

[누군가가 북쪽에서 '물의 재앙'을 처치했습니다.]

방랑자들의 왕도 무사히 일을 마친 모양이었다.

이제 남은 것은 마지막, '범람의 재앙'뿐이다.

✄ ✄ ✄

「눈부신 검광이 파찰음을 일으키며 허공을 수놓았다. 찰나에 발생한 수십 개의 검격. 정희원의 눈동자에서 타오르던 귀기가 정제되고, 이내 두 자루의 검이 멈추었다.

"수련은 이만하면 된 것 같아요."

정희원은 자기 칼날을 꼼꼼하게 점검하며 만족스러운 미소를 지었다. 맞은편에 있던 중년 여인도 희미하게 미소를 지었다.

"전우치의 도술은 정말 대단하네요."

"희원 씨의 검도도 훌륭했습니다. 곧 배후성도 생기실 테니 이제 저는 상대가 안 될지도 모르겠군요."

"과찬이세요."

정희원은 여인의 하늘색 죄수복을 가만히 바라보았다. 지난 일주

일, 정희원은 이들에게 신세를 졌다. 아마 남은 시간을 다해도 쉬이 갚을 수 없는 빚일 것이다. 여인이 물었다.

"정말 저희 <누벨바그>와 같이 다닐 생각은 없으십니까? 왕께서도 희원 씨가 합류하면 기뻐하실 겁니다."

"죄송하지만 기다리는 일행이 있어서요."

정희원은 정말 미안하다는 듯 볼을 긁었다. 여인도 어쩔 수 없다는 아쉬운 미소를 지었다. 여인은 정희원의 일행이 누구인지 이미 알고 있었다.

"희원 씨가 이렇게 필사적인 걸 그 사람도 알았으면 좋겠군요."

"알 거예요."

정희원은 살짝 못마땅한 얼굴로 하늘을 보며 말했다.

"왠지 지금 보고 있을 것 같거든요."」

……이래서야 누가 '전지적 독자 시점'인지 모르겠다.

어쨌든 정희원도 순조롭게 성장 중인 듯했다. 원작에서는 빛을 못 본 인물이라 걱정했는데, 내 선택이 틀리지 않았음이 증명되는 것 같아 기뻤다.

나는 [전지적 독자 시점]으로 다른 사람의 시점을 찾아 나섰다.

안타깝게도 보이는 시점은 몇 개 없었다.

음? 이건 뭐지?

잠시 후 화면이 일렁이더니 익숙한 얼굴이 등장했다.

……저건 나잖아?

잠깐만. 이 녀석들은?

「"야, 너."

이길영이 사나운 목소리로 말했다.

"좋게 말할 때 형한테서 떨어져."

그러자 잠든 내 옆에 찰싹 붙은 신유승이 말했다.

"싫은데?"

"어디서 똥개 같은 게……."

"나한테 말 걸지 마, 벌레 자식아."

이길영이 주춤했다. 녀석의 머리 위에 올라선 바퀴벌레와 물방개가 사납게 더듬이를 움직였다. 간신히 침착함을 회복한 이길영이 반격했다.

"형은 너 같은 애 싫어해."

"아저씨가 누굴 좋아하는진 나도 알아."

"……형이 누굴 좋아하는지 안다고? 누군데?"

"어떤 언니야. 그러니까……."

이길영이 피식 웃으며 대꾸했다.

"네가 뭘 모르는 모양인데—"」

뭔가 흥미진진한 대화가 시작되려는 찰나 나는 잠에서 깨어났다.

황급히 주변을 둘러보니 신유승과 이길영은 머리를 기댄 채 쿨쿨 잠에 빠져 있었다.

……잘못 봤나? 그냥 꿈이었나?

"독자 씨, 무슨 일 있어요?"

불침번을 서던 유상아가 묻기에 가볍게 고개를 저었다.

역시 꿈이었나 보다.

도로 자리에 눕는데 어디선가 소곤대는 소리가 들려왔다.

'야, 벌레. 너 아까 아저씨한테 안겼지?'

'……그래서 뭐.'

'애기냐?'

역시 꿈이 아니었던 모양이다.

"얘들아, 이제 그만 자야지."

유상아의 목소리. 그러자 다시 주변이 잠잠해지더니 이내 아이들의 코 고는 소리가 들려오기 시작했다.

※ ※ ※

이틀은 순식간에 지나갔다.

[서브 시나리오 - '생존 활동'이 종료됐습니다.]

들려온 시스템 메시지에 모두 자리에서 일어나 채비를 마쳤다. 길다면 길고, 짧다면 짧았던 시나리오.

허공에서 비형의 메시지가 깜빡였다.

―9,421.

뜬금없는 숫자. 비형은 다시 한번 말했다.

—9,513.

'뭐야?'

—뭐겠냐? 9,611.

나는 숫자가 뭔지 바로 알아챘다.

그때 '1만'을 공약으로 내세웠지 참.

[한반도를 좋아하는 성좌들이 구독좌 숫자에 긴장합니다.]

나는 비형을 향해 물었다.

'하라는 대로 했지?'

—……하긴 했는데, 잘 될지는 모르겠네. 아무튼 운이 좋길 빌어. 9,781.

하늘에서 소용돌이치는 그레이트 홀이 심상찮은 징조를 보이고 있었다. 우레가 쏟아지고, 간헐적으로 천둥소리가 들려왔다. 파츠츠츠, 하는 소리와 함께 허공에서 중급 도깨비가 나타났다.

[오래 기다리셨군요, 여러분.]

오랜만에 보는 중급 도깨비는 관리국에서 꽤 시달린 모양인지 얼굴이 수척했다.

[그간 생존 활동은 즐거우셨나요? 드디어 기다리신 본 시나리오가 시작됩니다. 차질이 생겨 일정 변동이 좀 있었지만……네, 뭐. 그래도 기대하신 만큼 재밌는 시나리오일 겁니다.]

녀석은 나와 몇몇 화신을 보더니, 못마땅하다는 투로 말을 이어갔다.

[벌써 다섯 재앙 중 네 개를 해치우셨더군요. 여러분의 공로, 충분히 인정합니다. 그런데 말이죠. 곧 찾아올 마지막 재앙에 비하면, 앞선 네 개는 애들 장난에 지나지 않습니다.]

저 말은 사실이다. 다른 재앙을 모두 합쳐도 '범람의 재앙'에 비하면 조족지혈에 불과하니까. 일행들 얼굴이 긴장으로 물들었다.

[이 시나리오의 성공 여부에 따라 지금까지 여러분이 해온 일이 모두 허사로 돌아갈 수도 있고, 모든 것이 끝장날 수도 있습니다. 솔직히 그럴 확률이 90퍼센트 이상입니다. 한데 다행히도, 그런 여러분을 가엾게 여기는 분들이 계십니다.]

나는 주먹을 불끈 쥐었다. 드디어 시작되는군.

다섯 번째 시나리오에 돌입하기 전, 마지막 이벤트가.

[그럼 지금부터 두 번째 〈배후 선택〉을 시작하겠습니다.]

3

하늘에서 찬란한 빛이 반짝이더니 서울 전역으로 쏟아졌다.

어떤 빛은 북쪽으로, 어떤 빛은 서쪽으로. 하지만 산란의 폭은 크지 않았다. 대부분의 빛은 서울 중심으로 모여들었다. 시나리오를 대비해서 화신들이 집결하기 시작했다는 증거일 것이다.

"드디어 계약이다! 나도 계약한다고!"

인근에서 대기하던 화신들이 살가운 목소리를 냈다. 아직나 말고도 배후성을 못 얻은 화신이 있었던 모양. 곧 화신의 머리 위에 작은 별이 떠올랐다. 별 개수는 곧 그 화신을 원하는 성좌의 숫자였다.

〈배후 선택〉

—당신의 배후를 선택하세요.

—선택한 배후는 당신의 든든한 후원자가 되어줄 것입니다.

아마 지금쯤 미계약 화신은 모두 내가 보는 것과 같은 정경을 보고 있으리라.

정확히는, 조금씩 다르겠지만.

1. 긴고아의 죄수

2. 심연의 흑염룡

3. 은밀한 모략가

'긴고아의 죄수'와 '은밀한 모략가'는 이번에도 있었다. 계속 거절하기도 미안한 노릇이지만 어쩔 수 없다.

······'심연의 흑염룡' 이 녀석 또 왔네.

한수영한테나 가지, 왜 자꾸 나한테 찾아오는 거야?

한반도의 위인도 줄지어 오셨다.

'서애일필'은 아마 유성룡일 테고…….

어이쿠, 우리 사명대사님도 오셨다. 김유신 장군도 보이고. 내가 진짜 자기를 선택할 거라 생각하나?

목록은 계속 이어졌다.

'고려제일검'을 자칭할 만한 사람이라면 역시 고려의 소드 마스터라 불리는 그분이겠지. 거기에 디오니소스까지…… 올림포스도 슬슬 '김독자 쟁탈전'에 발을 들이는 모양이었다.

목록은 계속 이어졌고, 조금씩 당혹스러운 기분에 젖어갔다. 예상외의 성좌들이 나타났기 때문이다.

나도 모든 수식언을 기억하는 게 아니기에 '검은 빛의 인도자'나 '복수와 묵시의 통치자'는 누구인지 가물가물했다.

하지만 '하늘의 서기관'은 확실했다.

절대선 계열에서 손에 꼽는 강력함을 지닌 성좌다.

대천사 메타트론.

천사로서의 권위만 놓고 보자면 우리엘보다 격이 높았다. 자타공인 천상의 이인자. 빌어먹을, 대체 어떤 녀석들이 날 보고 있는 거지?

……

문득 내 머리 위를 보니 수백 개의 별이 장관을 이루고 있었다. 인근의 밤을 모조리 밝혀버릴 듯한 조도照度. 몇몇 화신이 멀찍이 떨어진 곳에서 넋 나간 얼굴로 이쪽을 보고 있었다.

"저거……."

"저 사람 대체 뭔데?"

역시나 멍하니 내 머리 위를 보던 신유승이 말했다.

"아저씨, 꼭 크리스마스트리 같네요."

[한반도를 좋아하는 성좌들이 당신에게 약속을 지킬 것을 요구합니다.]

[다수의 성좌가 당신의 신의를 확인하고자 합니다.]

결국 올 것이 왔다.

나는 작게 숨을 들이켜며 비형을 불렀다.

'비형.'

—왜.

'지금 몇 명이야?'

독각을 물리치면서 성좌들에게 공약을 내걸었다. 〈배후 선택〉 당일까지 비형의 채널 구독좌 수가 1만을 돌파하면 배후성을 선택하겠다고.

—9,812. 아니 9,814…… 9,816.

계속해서 올라가는 숫자. 비형도 긴장한 말투였다.

[〈배후 선택〉 종료까지 3분 남았습니다.]

삼 분 안에 결과는 정해질 것이다.

[성좌, '대머리 의병장'이 초조해하며 당신을 바라봅니다.]

안타깝지만 그렇게 간절하게 바라봐도 소용없다고 말해주고 싶다.

[<배후 선택> 종료까지 2분 남았습니다.]
[성좌, '대머리 의병장'이 당신에게 200코인을 후원했습니다.]
[성좌, '서애일필'이 당신에게 300코인을 후원했습니다.]
[성좌, '흥무대왕'이 당신에게 400코인을 후원했습니다.]

드디어 후원 경쟁에도 불이 붙었다.
성좌들 입장에서는 조금이라도 내 눈에 띄어야 하니 당연한 선택이었다.

[몇몇 설화급 성좌들이 위인급 성좌들의 치졸함에 혀를 찹니다.]
[성좌, '긴고아의 죄수'가 당신에게 5,000코인을 후원했습니다.]

정확히 내가 바라던 대로의 전개였다.
좋아 좋아. 더 많이 내라고.

[성좌, '하늘의 서기관'이 당신에게 30,000코인을 후원했습니다.]

……역시 메타트론. 후원의 급이 다르다.
무려 '하늘의 재상'이라 불리는 존재이니 당연한 일이겠지만.

[성좌, '긴고아의 죄수'가 '하늘의 서기관'을 노려봅니다.]
[<배후 선택> 종료까지 1분 남았습니다.]

나는 비형에게 물었다.
'이제 몇 명?'
—9,973······ 9,976. 9,977.
드디어 아슬아슬한 수준까지 왔다.
—9,981······ 9,984.

30초.

—9,993.

20초.

—9,998.

[다수의 성좌가 가슴을 졸입니다.]

10초.

—9,999······.

5초, 4초, 3초…….

[<배후 선택>이 종료됐습니다.]

그리고 가벼운 한숨. 내가 바라보자 비형이 씩 웃으며 입을
열었다.

[정말 아쉽네요, 여러분.]

[상당수의 성좌가 말도 안 된다며 소리를 지릅니다!]

소리 질러도 소용없다.

[현재 구독좌 수: 9,999]

비형이 허공에 띄운 화면이 있는 그대로의 현실이기 때문
이었다.

몇몇 화신이 그 광경을 보고 입을 벌렸다.

신유승이 물었다.

"아저씨 무슨 스타 유튜버예요?"

어쩌면 비슷할지도 모르겠다.

나는 하늘을 향해 뻔뻔한 목소리로 말했다.

"아쉽네. 1만이 되면 바로 선택하려고 했는데."

[다수의 성좌가 당신이 누구를 선택하려 했는지 궁금해합니다.]

그러자 비형이 끼어들었다.

[해당 화신의 프라이버시 보호를 위해, 그건 밝힐 수 없습니다.]

잘한다, 비형.

[상당수의 성좌가 폭동을 일으킵니다!]

쿠구구구구구.

용산구 일대의 하늘이 일그러지며 애꿎은 사람들 위로 벼락이 떨어지기 시작했다. 허공에 쉴 새 없이 스파크가 튀었다. 개연성에 영향을 끼칠 정도로 힘을 행사하다니. 성좌들도 분노에 정신이 나가버린 모양이었다.

[자자, 성좌 여러분. 진정들 하세요. 정말 안타깝지만 한 명 차로 이벤트는 무산됐으니…….]

비형은 내 눈치를 흘끗 보며 그대로 말을 이었다.

[사과의 의미로, 보상 이벤트를 하겠습니다.]

그러자 벼락이 일시적으로 멈췄다.

[아마 지금쯤 이렇게 생각하고 계시겠죠? 어차피 내가 가지지도 못할 화신, 이대로 계속 둬서 뭘 하나?]

[상당수의 성좌가 도깨비 '비형'의 말에 귀를 기울입니다.]

[여러분 마음을 충분히 이해합니다. 그래서! 감히 두 번째 〈배후 계약〉에서도 배후성을 선택하지 않은 저 화신에게 엄벌을 내릴까 합니다! 다만 어디까지나 성좌 여러분께서 찬성하신다면…….]

[상당수의 성좌가 도깨비 '비형'의 의사에 격하게 찬성합니다.]

비형이 만족한 듯 고개를 끄덕였다. 신유승이 어이없다는 듯 나를 보며 물었다.

"아저씨는 왜 배후성 선택 안 한 거예요?"

"그냥, 안 내켜서."

솔직히 메타트론까지 떴을 때는 조금 흔들리긴 했지만, 여기서 누구를 선택하면 지금까지 해온 일이 모두 말짱 도루묵이다. 나는 누구 밑에도 들어가지 않는다. 그래야만 한다.

"유상아 씨. 애들 데리고 숨으세요."

"……계획이 있으신 거죠?"

"물론 있습니다. 절대로 제가 먼저 신호하기 전에는 나오지 마세요."

[새로운 '현상금 시나리오'가 도착했습니다.]
[당신은 '현상금 시나리오'의 표적이 됐습니다.]

그리고 예상대로 '현상금 시나리오'가 시작되었다.

〈현상금 시나리오 - 천벌〉

분류: 현상금

난이도: A

클리어 조건: 화신 '김독자'를 처참하게 찢어 죽이시오. 잔인하게
죽일수록 받을 수 있는 코인의 값이 증가합니다.

제한 시간: 20분

보상: 40,000~?????코인

실패 시: ―

　겨우 나 하나 잡는 데 최소 4만 코인이라니. 누가 보면 내가
다섯 번째 재앙인 줄 알겠다. 시나리오를 받았는지 신유승의
안색이 하얗게 질렸다.

　"……아저씨?"

　나를 향해 손을 뻗는 신유승을 유상아가 데리고 물러섰다.
그와 거의 동시에, 사방에서 나를 발견한 화신들이 몰려들기
시작했다.

　벌써 내 머리 위에는 '표적' 표시가 떠올라 있었다.

　"미친……! 4만 코인?"

　"야, 저 새끼 잡아!"

[상당수의 성좌가 시나리오의 전개에 즐거워합니다.]

내 선택에 분노하던 성좌들은 어느새 내가 쥐새끼처럼 쫓기는 모습에 희희낙락하기 바빴다.

다들 '1만 이벤트' 따위는 잊은 기색이었다.

그래, 이게 성좌의 본성이지.

달아나는 나를 보던 비형이 허탈한 표정으로 통신을 걸었다.

─진짜 이렇게 될 줄은 몰랐네.

'될 줄 알았어. 게임 회사 다닐 때 자주 하던 짓이니까.'

이벤트에 화난 유저를 달랠 방법은 새로운 이벤트를 여는 것뿐. 바들바들 뿔을 떨던 비형이 속삭였다.

─괜찮겠지? 들키면…… 젠장, 이번엔 진짜 '개연성 적합 판정'에 들어가는 거라고.

사실 비형의 구독좌 숫자가 '9,999'를 돌파하지 못한 것은 명백한 채널 조작이었다.

비형의 #BI-7623 채널은 처음부터 정원이 9,999명이었으니까.

이번에야말로 독각이 시비를 걸면 피하지 못하겠지만 다행히 시비를 걸 녀석은 아무도 없었다. 지난번 사건 이후 하급 도깨비는 죄다 몸을 사리는 중이었다.

'감수하기로 했잖아.'

그래도 위험한 방법인 것은 마찬가지였다.

머리 회전이 빠른 몇몇 성좌가 틀림없이 이 일을 의심할 테니까. 하필 9,999에서 멈추다니. 아무리 생각해도 우연이 지나치다. 그래서 성좌의 관심을 돌리기 위한 추가 이벤트가 필요했다.

성좌들은 귀찮은 것을 싫어하고 쾌락에는 취약하다. 그 점을 이용한 이벤트가 지금 내가 받는 '천벌'이었다. 비형이 히죽거리며 입을 열었다.

[성좌님들, 참고로 '천벌' 이벤트에서는 후원을 통해 화신 '김독자'에게 페널티를 걸 수 있습니다.]

말이 끝나기가 무섭게 몸이 급격하게 무거워지기 시작했다.

[이기적인 한 성좌가 당신에게 '속도 페널티'를 걸었습니다.]
[500코인을 후원받았습니다.]

받는 코인이 늘어날수록 내 몸에 걸리는 페널티도 늘어난다. 평소라면 쫓아오지도 못했을 화신들이 어느새 바로 뒤까지 따라붙었다.

"다들 코인에 눈이 멀었나 보네. 그렇지?"

나는 씩 웃으며 뒤쪽을 향해 '신념의 칼날'을 휘둘렀다.

"크와아앗!"

[당신의 불행을 원하는 한 성좌가 당신에게 '공격력 페널티'를 걸었습니다.]
[500코인을 후원받았습니다.]

평소보다 공격력이 절반 이하로 떨어져서, 화신들은 주춤하긴 했지만 죽지는 않았다. 오히려 반갑다. 죽일 생각도 없었으니까.

[당신의 죽음을 갈망하는 한 성좌가 당신에게 '방어력 페널티'를 걸었습니다.]
[500코인을 후원받았습니다.]

엿 같은 후원. 날아온 단도를 맞은 오른팔에 지독한 통증이 일었다. '무한 차원의 아공간 코트'가 아니었다면 팔이 잘려나갔을 것이다.

[소수의 성좌가 당신의 위기에 안타까워합니다.]

그 와중에 나를 응원해주는 성좌도 있었다. 눈물 나게 고맙군그래. 나는 다친 팔을 붙잡은 채 용산구 남서쪽으로 달렸다. 내 생각이 맞는다면 '범람의 재앙'이 잠들어 있는 운석은 이쪽 방향에 있다.

부화를 앞둔 운석의 기운이 가까워지고 있었다.

[비형. 이게 대체 무슨 짓입니까?]

[무슨 짓이긴요. 본 게임에 들어가기 전 간단한 여흥이죠.]

허공에서 다투는 도깨비들 목소리. 쟁쟁한 도깨비 사이에서도 전혀 주눅 들지 않는 모습을 보니, 이제 비형도 제법 발언권이 세진 모양이었다.

나는 무거운 몸을 이끌고 달리고 또 달렸다.

조금만 더…….

마침내 한강이 나타났다.

"붙잡아!"

나는 다리를 붙드는 갈퀴들, 우악스러운 손아귀들을 가까스로 피해내며 한강으로 뛰어들었다. 그러나 한강에 무엇이 있는지 아는 화신들은 쉽사리 따라오지 못했다.

"저 미친놈이!"

그리고 기다렸다는 듯 7급 해수종인 어룡이 몰려들기 시작했다. 약해진 나를 먹잇감으로 삼기 위해 달려드는 녀석들.

[상당수의 성좌가 희열에 차오릅니다.]

나는 어룡들을 보며 생각했다. 나는 재능이 없다. 수련을 해도 원하는 만큼 숙련이 오르지도 않는다. 하지만 그걸 핑계로 내가 '약하다'라고 말할 생각도 없었다.

[전용 스킬, '책갈피'를 발동합니다!]

왜냐하면 내가 강해지는 방식은 결코 남들과 같지 않으니까.

['인물 책갈피'가 활성화됩니다.]

[사용 가능한 책갈피 슬롯: 4개]

[활성화 가능한 책갈피의 목록을 불러옵니다.]

"3번 슬롯에 '선동가 천인호'를 해제하고 '비스트 테이머 신유승'을 넣겠다."

[3번 책갈피가 활성화됐습니다.]

환한 빛살이 내 몸을 감싸며, 코끝에서 느껴지는 괴수들 냄새가 달라졌다. 어떤 냄새는 친근하고 어떤 냄새는 적의로 가득했다. 새삼 가까운 곳에 내가 모르는 세계가 있었다는 사실이 실감 났다.

결국 세계를 결정하는 것은 그 세계를 읽는 감수성이다.

[책갈피 스킬의 레벨에 비례해 활성화 시간이 결정됩니다.]

[활성화 시간: 30분]

[등장인물에 대한 이해도가 높습니다. 해당 인물의 스킬 중 몇 개를 선택해서 가져올 수 있습니다.]

멀리 있던 어룡 하나가 나와 싱크로를 맺으며, 머릿속에 복잡한 회로들이 자라났다.

['상급 다종 교감 Lv.3'이 활성화됐습니다.]

['길들이기 Lv.9'가 활성화됐습니다.]

주르륵 흘러내리는 코피.
그 꼬맹이 녀석들, 늘 이런 기분이었겠네.
나는 천천히 입을 열었다.
"와라, 퀸 미르바드."

4

 물살을 가르며 다가온 어룡의 여왕. 유선형 몸체가 만드는 웅장함에 한강이 넘실거렸다. 당황한 화신들이 일제히 강변에서 멀어졌다.

 "으아아아! 저거 뭐야!"

 단지 시선을 마주하는 것만으로 지엄함이 느껴지는 눈빛. 나는 한 종의 지배자와 마주하고 있었다. 신유승이나 이길영이 새삼 얼마나 대단한 녀석인지 절감했다.

 "엎드려."

 퀸은 내 명령에도 수염에 묻은 물을 털며 딴청을 피웠다.

 스킬이 같다고 똑같은 효과까지 보는 것은 무리인 모양이다. 생각해보면 리카온의 [바람의 길]을 빌렸을 때도 비슷했다. 나는 별수 없이 가까이 다가가 비늘을 기어올랐다.

쿠르르르.

내 손길을 거부하는 듯 거칠게 요동치는 퀸의 몸체. 지금 내게는 이 정도가 한계였다. 솔직히 퀸과 싱크로를 맺은 것만으로도 전두엽이 조금씩 타들어가는 느낌이었다.

나는 넋 나간 화신들을 내버려두고 입을 열었다.

"가자."

퀸의 몸부림이 시작되었다. 나를 데리고 장난이라도 치는지 내 호흡 따위는 아랑곳하지 않고 수심과 수면을 오가며 헤엄치기 시작했다.

"푸하합!"

나는 물에 젖은 생쥐처럼 대롱대롱 매달린 채 연거푸 숨을 뱉어냈다.

"이런……!"

그오오오오!

즐겁다는 듯이 주변 어룡들이 나를 향해 울음을 터뜨렸다.

[성좌, '긴고아의 죄수'가 당신을 보며 낄낄댑니다.]

통제는 엉망이지만 그래도 퀸은 내가 원하는 방향을 향해 조금씩 나아가고 있었다.

용산구 남서쪽.

그곳에는 한강 지구의 몇 안 되는 섬 중 하나인 노들섬이 있다. 그리고 내 기억이 맞는다면, '범람의 재앙'의 부화 가능성이 가장 높은 곳도 바로 그 섬이었다.

「다섯 번째 재앙은 한강의 인공섬에서 부화했다.」

멸살법은 작중 연도를 정확히 밝히지 않았다. 그 때문에 멸살법이 정확히 몇 년도를 배경으로 하는지 몰랐다. 내가 사는 연도와 가까울 거라는 생각은 어렴풋이 했지만, 아무래도 십년이나 연재되다 보니 기술발달사 같은 게 맞지 않을 수 있었다. 그래서 멸살법에는 현대 기기에 관한 언급이 거의 없고, 어떨 때는 확정 지명을 사용하지도 않는다.

바로 지금과 같은 경우였다.

'한강의 인공섬'이라니…… 그게 대체 어디란 말인가?

그럼에도 노들섬을 특정할 수 있었던 것은 작중에 등장한 묘사와 운석 크기 때문이었다.

촤아아앗!

퀸의 급정거와 함께 생각은 끊어졌다.

나는 한 바퀴를 구르며 그대로 노들섬에 내던져졌다. 퀸 미르바드는 나를 흘끗 보고는 물속으로 사라졌다.

정 없는 자식 같으니.

[전용 스킬, '책갈피'가 해제됩니다.]

"웨에에엑."

한강을 헤쳐 오는 내내 먹은 강물을 한바탕 토했더니, 세상이 빙빙 돌았다. 재앙이 오기 전에도 노들섬에는 와본 적 없는데, 기분이 이상했다. 한산하게 펼쳐진 섬의 나무들은 아직 멸망을 맞기 전 세계 같았다.

어룡이 사라진 틈을 타 강 건너편 화신들이 도강을 준비하는 모습이 보였다. 쐐액, 하는 느낌이 든다 싶더니, 그새 하늘을 날아온 몇몇 화신이 있었다. 나는 숨을 죽인 채 나무 뒤에 숨어 그들을 보았다.

"어디지? 분명 이리로 갔는데?"

그새 [비행 기동]을 배운 녀석이 이렇게 많을 줄이야. 저 자식들은 회귀자도 아닌데 적응이 왜 이렇게 빨라? 너덧 명의 사내가 가뿐하게 노들섬에 착지하며 주변을 살폈다.

"거기 형씨들, 같이 찾아서 좀 나눠 먹읍시다. 그놈 세 보이던데 솔직히 혼자선 자신 없잖아?"

"내 생각도 그래. 아까 그놈 머리에 별 떠오르는 거 봤지? 괴물 같더라."

"괴수 다루는 거 보니까 최소 영웅급 특성이야 그놈."

"그래봤자 서쪽의 패왕만큼 세겠어?"

누굴 죽이러 온 것치고는 제법 수더분한 대화다.

아무리 그래도 유중혁과 비교해주다니, 황송한 노릇이군.

좀 더 숨어다니다가 제한 시간이 끝날 즈음에 모습을 드러내야겠다 싶었는데, 섬의 숲에서 선객이 나타났다.

"거기 아저씨들. 좋게 말할 때 섬 밖으로 꺼져."

패기 가득한 목소리. 교복 치마 위에 검은색 후드 집업을 걸친 소녀는, 장도를 쥔 채 사내들을 향해 걸어갔다.

"뭐야 넌?"

"어린 게 겁도 없이……."

스각.

"으아아아 내 팔!"

검이 허공에 선을 긋자, 팔이 달아난 사내들이 비명을 질렀다. 비교적 젊은 축에 속하는 화신 하나가 외쳤다.

"쟤 걔예요, 충무공!"

"뭐? 그년이 왜 여기 있어!"

"도망가요! 다들 도망가!"

[비행 기동]으로 황급히 꽁무니 빼는 화신들을 보며, 역시 재능이 괜히 재능은 아니구나 생각했다.

조금 안 본 사이에 저렇게 강해질 수 있다니.

아무리 친우의 후손이라 해도, 충무공이 아무개를 자신의 화신으로 삼는 것은 아닌 모양이다.

소녀의 날카로운 장도가 나를 가리켰다.

"아저씨도 이만 밖으로 나오지 그래? '표적' 표시 빤히 떠 있는데 숨으면 뭐 해?"

그러고 보니 머리 위에 아직도 화살표가 떠 있었다. 나는 한숨을 쉬며 양손을 든 채 숲 밖으로 나왔다.

"너도 나 죽일 거냐?"

"그러고 싶은데, 우리 사부가 슬퍼할까 봐 차마 못 하겠네."

"자기가 직접 못 죽였다고 슬퍼하긴 하겠지."

장도의 소녀, 이지혜가 킥킥 웃으며 칼을 집어넣었다. 이지혜는 내 다친 팔을 슬쩍 살피더니 말을 이었다.

"잘 지냈어? 물으나 마나 같긴 한데."

"넌 태풍여고로 돌아간 것 같더니 왜 여기 있나?"

"며칠 전에 사부가 데리러 왔어. 어떻게 찾았는진 몰라도."

유중혁이? 하긴 이지혜는 유중혁 파티의 핵심 멤버니까 이상한 일은 아니지.

나는 [냉철한 관찰력]으로 그녀의 체근민을 어림해 보았다. 대충 160이 넘는 값. 체력과 근력이 조금 떨어지는 것 같기는 하지만, 이 녀석도 벌써 다섯 번째 시나리오의 능력치 제한 기준에 거의 도달했다.

게다가 [귀살]과 [검술 연마]도 한층 발전한 것 같고. 어째 멸살법의 인물은 죄다 내 눈에 안 보여야 더 빨리 성장하는 것 같다.

다들 나 몰래 '정신과 시간의 방'이라도 갖고 있나?

"아저씨 일행은? 희원 언니는 만났어?"

"용산구에서 기다리고 있어. 희원 씨는 아직이고."

"아쉽네, 한번 보고 싶었는데."

그러고 보니 정희원과 이지혜는 포지션이 비슷했지.

나는 조심스레 주변을 살피며 물었다.

"혹시 유중혁도 함께 왔나?"

"음? 다 알고 온 거 아니야?"

그때, 노들섬 가장자리에서 복작대는 소리가 들려왔다.

어룡과 사투를 벌이는 화신들이 어느새 섬 근처까지 다가와 있었다.

어떤 녀석은 오리배를 타고, 어떤 녀석은 헤엄을 쳐서 왔다. 유람선을 타고 오거나 특수한 스킬로 상륙한 녀석도 있었다.

누가 보면 단체 관광객이라고 생각할 법한 진풍경이었다.

"찾아라! 놈이 여기 있다!"

그리고 이번 관광 상품은 나인 것 같았다. 화신들 모습을 본 이지혜가 인상을 굳혔다.

"저 떨거지들은 왜 끌고 온 거야?"

"왜긴, 재앙 잡으러 데려온 거지."

뜻이 있는 녀석들은 알아서 세력을 꾸려 재앙에 대비하겠지만 모두 그런 것은 아니다. 소속 없는 화신들은 또 서울 곳곳에 숨어서 누군가가 메인 시나리오를 대신 깨주기를 기다릴 테고, 그로 인한 전력 손실은 어마어마할 것이다.

마지막 재앙은 그런 어설픈 각오로는 깰 수 없다.

모두가 함께 맞서지 않으면…….

"뭐 하러 그런 짓을 해? 안 잡아도 되는데."

"응?"

"재앙 안 잡아도 된다고. 우리 사부가 그랬어."

뭔 소리냐고 묻는 내 눈빛에, 이지혜가 말을 이었다.

"마지막 재앙은 자기가 있으면 전혀 위험하지 않다던데? 대신 쓸데없는 녀석들 섬에 못 들어오게 막으라고…… 아씨, 저

것들 훅 들어오네."

이지혜가 다시 칼을 뽑으며 달려나갔다. 잘 보니 섬 가장자리에서 인파를 통제하는 사람은 이지혜 하나가 아니었다. 뭍으로 다가오는 배를 향해, 거한 하나가 손을 흔들고 있었다.

"여러분, 들어오시면 안 됩니다! 여긴 위험 지역입니다!"

"뭐? 네가 뭔데?"

"전 6502부대 중위……."

"어디서 중위 나부랭이가 깝치고 지랄이야!"

날아들던 사내의 칼날은 중위의 손아귀에 허무하게 붙잡혔다.

"……공권력에 함부로 저항하면 위험합니다."

"이, 이거 놔!"

중위는 거대한 곰을 연상시키는 슈트 같은 것을 입고 있었고, 얼굴 곳곳에 잡스러운 수염이 나 있었다.

"안전한 곳으로 모셔다드리겠습니다."

중위는 한 손으로 가뿐히 사내를 들어 강 반대편으로 던져버렸다.

콰아아아아!

사내는 엄청난 속도로 한강을 가로질러 날아가더니 반대편 뭍에 굉음을 내며 파묻혔다.

중위가 물었다.

"또 안내가 필요한 분 계십니까?"

"미친! 모두 흩어져! 괴물이다!"

물러서는 화신들을 보는 중위는 산처럼 쌓인 짬이라도 보듯 피곤한 표정이었다. 지독하게 지친 눈빛, 오랜만에 보는 얼굴이었다.

「힘들어…….」

「죽을 것 같아…….」

「독자 씨, 어디 계십니까…….」

　"이현성 씨."

　그 말에, 이현성이 내 쪽을 돌아보았다.

　메마른 사막에서 오아시스라도 발견한 듯한 표정.

　"독자…… 독자 씨?"

　나를 향해 다가오는 이현성. 나는 본능적으로 한 걸음 물러났다.

　"도, 독자 씨! 접니다! 이현성입니다!"

　내가 입을 떼려는 찰나, 또 화신 한 무리가 소란스럽게 들이닥쳤다.

　"표적이 저기 있다! 쫓아라!"

　이현성의 얼굴이 종잇장처럼 구겨졌다.

　"제가…… 위험 지역이라고 했잖습니까!"

　그러고는 반사적으로 등을 돌린 뒤 바닥을 향해 주먹을 내리꽂았다.

[등장인물 '이현성'이 성흔 '태산 부수기 Lv.5'를 사용합니다!]

　노들섬 전체가 들썩이는가 싶더니 섬 가장자리가 굉음을 일으키며 폭발했다. 나는 날아가는 화신들을 보며 잠깐 넋을 잃었다.

　유중혁 이 자식, 대체 사람을 어떻게 굴리면 이렇게…….

　나는 반색하며 다가오는 이현성을 향해 물었다.

　"유중혁은 어디 있습니까?"

　이현성의 표정이 살짝 서운함으로 물들었다.

　"아, 섬 중앙입니다. 저……."

　"금방 다시 오겠습니다. 그때 얘기하죠."

　나는 이현성의 간절한 눈빛을 외면하고, 일단 섬 중앙으로 내달렸다. 이현성에게 묻고 싶은 것은 많지만, 지금은 해후를 만끽할 때가 아니었다. 빨리 확인해야 할 게 있었다.

　숲을 얼마간 헤쳐 갔을까. 공원의 중심에 박힌 거대한 운석이 보였다. 지금까지 본 어떤 운석보다도 압도적인 크기. 표면에 감도는 붉은색 기운은, 확실한 멸망을 함축하고 있었다. 그리고 그 운석 앞에 서 있는 한 여인.

　"아, 당신은……?"

　이설화의 표정이 변하는 순간, 운석 뒤쪽에서 내가 찾던 녀석이 걸어 나왔다.

　"유중혁."

　무표정한 유중혁이 본연의 존재감을 방출하며 그곳에 서

있었다.

"지금 뭘 하고 있는 거냐?"

"미래시를 가진 것치곤 모르는 게 많군."

태연하게 대답하는 녀석을 보며 할 말을 잃었다. 거대한 재앙 운석 중앙에 꽂힌 '노란색 운석'.

나는 놈이 왜 이곳에 빨리 오고자 했는지 바로 눈치챘다.

"설마 길잡이 운석을 재앙한테 먹인 거냐?"

"어차피 길잡이는 나중에 방해만 돼. 처리할 수 있을 때 없 애는 편이 낫다."

불길한 예감은 언제나 맞아떨어진다더니. 이 자식, 지금 재 앙을 조기 부화시키려 하고 있다. 누가 이설화랑 연인 아니랄 까 봐.

"대체 왜? 길잡이는 그렇다 쳐도, 재앙을 일찍 깨워서 어쩌 려고? 드디어 미쳐버린 거냐?"

유중혁의 눈길이 잠시 운석에 머물렀다. 특유의 오만함이 깃든 눈빛.

"이번 재앙은, 전생에 내 동료였다."

"뭐?"

"그러니 이번 재앙은 안전하다."

……안전?

갑자기 여러 가지 생각이 머릿속을 스쳤다.

아…… 중혁아. 그래.

어쩐지 네가 이번 회차에 너무 잘한다 싶더라.

['범람의 재앙'이 부화를 준비합니다.]

몇 번인가 도움을 받는 바람에 잠시 잊고 있었다.

눈앞의 이 개복치 녀석은, 앞으로 골백번을 더 죽고 난 후에야 간신히 결말에 한 발 걸치는 녀석이라는 사실을.

사태는 확실해졌다. 여기서 유중혁을 믿고 있다가는 죽도 밥도 안 된다. 나는 이설화를 향해 외쳤다.

"이설화 씨! 저 자식 데리고 당장 이 섬에서 탈출해요. '범람의 재앙'은 지금까지의 시나리오와는 다릅니다. 전열을 갖추고 함께 싸워야 합니다. 모두와 함께하지 않으면—"

"방해하지 마라, 김독자. 죽고 싶지 않으면."

폿—, 하는 소리가 들리더니 내 뒤로 다가온 유중혁이 내 목을 짚었다. 갑자기 몸에 힘이 쭉 빠지더니 어느새 무릎이 바닥에 닿았다.

나는 입술을 짓씹으며 외쳤다.

"유중혁, 내 말 들어! 지금 깨어날 신유승은 네가 알던 신유승이 아니야. 그 앨 만나면……."

더 외치고 싶지만 목소리가 어느새 끅끅거리는 소리로 변해 있었다. 빌어먹을. 나는 [점혈]을 사용해 조금씩 혈도에 맺힌 기운을 풀어갔다. 이제는 힘으로 제압하는 수밖에 없는데…… 당연한 얘기지만 지금 서울에 유중혁을 힘으로 제압할 사람은 아무도 없다.

……아니지, 딱 하나 있긴 하네.

바로 지금 나올 저 녀석.

['범람의 재앙'이 깨어납니다.]

메시지와 함께 운석에서 눈부신 빛살이 뻗어나갔다. 마침내 부화가 시작된 것이다. 중급 도깨비의 목소리가 들렸다.

[화신 여러분은 정말 성격이 급하시네요. 다른 행성에서는 피하려고 안간힘을 쓰는 재앙을, 이토록 빨리 깨우려고 안달 할 줄이야.]

아마 비형도 더는 시간을 끌기 어려워진 모양이었다.

[먼저 간 동료들이 그리워진 모양이죠? 자, 그럼 재앙을 맞 이할 준비를 하십시오. 동료들이 저승에서 여러분을 기다리고 있습니다.]

[새로운 메인 시나리오가 도착했습니다.]

〈메인 시나리오 #5 - 범람의 재앙〉

분류: 메인

난이도: SS

클리어 조건: 범람의 재앙 '신유승'을 처치하시오.

제한 시간: ─

보상: 100,000코인, ???

실패 시: 서울 멸망

커다란 운석이 통째로 갈라지며 태내胎內를 연상시키는 내부가 드러났다. 웅크린 나신의 여자가 화석처럼 박혀 있었다.

새하얀 피부에 신비한 광택이 도는 여인.

포니테일로 묶은 아름다운 머리카락이 그녀의 전신을 감싸고 있었다.

어른이 된 신유승의 모습이었다.

"여자?"

"뭐야 저거? 저게 재앙이라고?"

이현성과 이지혜가 모두 막지는 못한 모양인지, 몰래 다가온 몇몇 화신이 그녀를 보고 있었다. 아무래도 전투력 격차가 너무 심한 그들은 느끼지 못하는 듯했다.

[전용 스킬, '제4의 벽'이 당신의 정신 충격을 상쇄합니다.]

'범람의 재앙'은 다른 재앙들과는 다르다. 일찍 부화하면 약화되는 페널티라도 있는 다른 재앙들과는 달리, '범람의 재앙'은 그런 것도 없다.

'범람의 재앙'은 일찍 깨어날수록 더 강해진다.

신유승이 눈을 뜨는 순간, 그녀의 전신에서 새하얀 털 같은 것이 자라났다. 동물의 가죽을 연상시키는 순백의 하얀 털은, 이내 전신을 뒤덮더니 옷처럼 바뀌었다.

삐그덕.

신유승이 천천히 운석에서 빠져나와 지표면에 발을 디뎠다. 걸음마를 시작하는 어린아이 같은 발걸음이었다. 그저 발만 내디뎠을 뿐인데 주변 모두가 얼어붙었다.

종이 다른 강자.

나름 화신 중에는 강자에 속하는 이설화조차 움직임이 굳어 있었다. 하지만 전혀 주눅 들지 않는 이도 있었다.

"기다렸다, 신유승."

신유승의 고개가 천천히 남자를 향해 돌아갔다.

"……대장?"

한 번의 조우만으로 신유승은 뭔가 눈치챈 듯했다.

"그런가…… 대장이 날 기다리고 있었다는 건…… 이번이 날 처음 보는 게 아니라는 거네? 그렇지?"

유중혁이 고개를 끄덕였다.

"네 도움이 필요하다."

"그 전에…… 대장, 지금 몇 회차야?"

"그게 왜 궁금하지?"

"알아야 할 필요가 있거든."

잠시 망설이던 유중혁이 대답했다.

"3회차다."

"역시 그랬구나. 그럼 2회차에서 이미 나를 만났겠네. 맞지?"

"그래."

2회차의 유중혁이 무려 46번 시나리오까지 갈 수 있었던 이유. 바로 눈앞의 '멸람의 재앙' 덕분이었다. 멸람의 재앙 신유승은 41회차의 세계선에서 온 인물이었다. 41회차의 유중혁이 과거의 자신에게 보낸 안배.

신유승은 자신의 세계선에서 버려진 후 오랜 세월 차원을 여행해, 마침내 과거 지구의 시나리오로 강림한 것이다.

"지금이 3회차라는 건, 내가 지난 회차에서 정보를 줬는데도 실패했다는 뜻이구나."

"그래서 정보가 더 필요하다."

2회차의 신유승은 자신이 아는 정보를 유중혁에게 내주고 자결했다. 자신이 알던 유중혁에 대한 마지막 배려로. 어디까지나, 2회차 때는 그랬다.

신유승이 입을 열었다.

"수천 년이 걸렸어."

신유승의 무표정한 얼굴에서 세월을 헤아릴 수 없는 피로감이 느껴졌다.

41회차의 유중혁이 행한 일은 살인보다 끔찍했다. 수천 년. 하나의 인격이 모조리 붕괴하고 자아마저 마모될 시간. 신유승은 그 시간을 버텨 마침내 '재앙'이 되었다.

"대장, 알아? 내가 얼마나 힘들었는지. 당신 부탁을 들어주려고, 내가 얼마나 지난한 세월을 견뎠는지."

"……무슨 소리지?"

"대장이 많이 보고 싶었어."

신유승의 미소에 담긴 절망을 유중혁은 전혀 이해하지 못했다. 그는 무심한 투로 입을 열었다.

"41회차의 정보를 모두 넘겨라. 그 회차의 내게 다른 말은 없었나?"

그렇게 말해서는 안 된다고 외치고 싶었다. 하지만 목소리가 나오지 않았다. 신유승의 눈빛은 폭풍의 눈처럼 고요했다.

오직 나만이 그 눈의 저변에서 몰아치는 감정을 읽을 수 있었다.

「역시 아무것도 변하지 않는구나.」

유중혁의 계획에 의해, 신유승은 천 년이 넘는 시간을 세계선의 미궁 속에서 홀로 떠돌았다. 이백 년은 인류를 위해 버텼고. 다시 이백 년은 세상을 지키겠다는 약속으로 버텼다.

그리고 또 이백 년을, 함께했던 동료들과 유중혁을 떠올리며 버텼다.

세월 속에서, 신유승은 자신을 지키기 위해 한 줌의 기억을 되새기고 또 되새겼다. 그런데 되새김질을 반복할수록 어떤 의문이 치솟았다.

「이 모든 게 무슨 의미가 있지?」

　시간은 그녀에게서 대의를 지웠고 정의를 앗아갔다. 대의가
사라진 곳에 남은 것은 초라한 인간의 영혼뿐이었다. 자신과
동료들을 그저 '회귀'의 도구로 전락시킨 유중혁에 대한 원망.
　뼛속까지 스며든 고독감과 세계를 잃은 황망함 속에서, 신
유승은 천 년의 시간 동안 자신을 이렇게 만든 유중혁을 증오
하며 버텼다.
　"대장은 변하는 게 없네."
　"쓸데없는 말 하지 말고 정보부터 넘겨라. 시간 없으니까."
　"대장에게 우리는 대체 뭐였어?"
　"뭐?"
　"나는 도리를 다했어. 기회도 한 번 줬고. 그런데 대장은 여
전해."
　그녀는 마지막 자비로, 2회차의 유중혁을 도왔다.
　"앞으로도 여전하겠지. 또 사람을 도구처럼 부릴 거고, 나를
끔찍한 세계선의 미궁에 빠뜨리겠지. 그 알량한 정의감, 빌어
먹을 대의…… 나는 세상을 혼자 살아가는 당신을 증오해."
　그리고 3회차의 유중혁과 마주하게 되었다.
　"이제 내가 알려줄 수 있는 건 하나뿐이야. 대장은 누구도
구원할 수 없어."
　신유승이 섬뜩하게 웃었다.
　"당신의 3회차는 여기까지야."

신유승의 손에서 눈부신 빛이 일렁인 것과, 내가 점혈을 풀어낸 것은 거의 동시였다. 나는 온 힘을 다해 내달려 눈앞에서 터지는 에테르의 폭풍을 받아냈다.

"비켜, 유중혁!"

아랫배가 통째로 뜯겨나가는 듯한 통증이 일었고, 일순 정신이 아득해졌다. 섬 중앙에 거대한 크레이터가 생겨났다. 나와 유중혁은 허공으로 튀어 올랐다가 떨어져 한참이나 바닥을 굴렀다.

아프다. 제길. 정말로 아프다.

"……김독자?"

놀란 유중혁이 쓰러진 나를 바라보았다. 호흡이 가빠지고 하늘이 노랗게 변했다. 새삼 지금까지 운이 좋았다는 사실이 실감 난다.

원래 이 세계는 이런 세계였지.

한끝만 잘못 디뎌도 바로 뒈지는 세계.

"김독자!"

자식이, 엄살은. 나는 씩 웃으며 유중혁을 향해 말했다.

"야, 나 좀 죽여주라. 평소에 엄청 죽이고 싶어했잖아."

"……무슨 소리냐."

"딱 일 분간만 죽이게 해줄 테니까, 죽여달라고."

그제야 유중혁이 내 아랫배를 바라보았다. 배를 만지고 싶은데 배가 없다는 기분, 이런 거구나. 입에서 끊임없이 피거품이 흘러나왔고 온 세상이 어지러워 토할 것 같았다. 히끅, 하고 계속해서 숨이 넘어온다.

[전용 스킬, '제4의 벽'이 당신의 통증을 일부 상쇄합니다.]

[제4의 벽]이 없었다면 진즉에 눈물을 질질 짰을지도 모르겠다.

지난번에는 순식간에 의식을 잃어버려서 못 느꼈는데…….

"기다려라, 김독자! 아직 늦지 않았다."

"늦었어. 인마."

"늦지 않았다!"

"지금 죽이면 코인도 받을 수 있어 새끼야. 난 이미 틀렸으니까 그냥 죽이라고."

유중혁의 저런 표정은 정말 오랜만에 보았다.

지하철에서 날 처음 봤을 때도 저 표정이었지, 이 자식.

"그럴 순 없다."

그대로 시야가 흐려졌다. 혈도를 짚는 유중혁의 모습이 보였지만, 나는 이미 피를 너무 많이 흘렸다. 그리고 무엇보다……

내장 아래쪽이 모두 없어졌는데 살 수 있을 리가 없지. 이설화가 나서도 무리다.

의식은 모래성이 붕괴하듯 서서히 아래로 무너졌다.

[당신은 사망했습니다.]

그리고 잠시 후 시스템 메시지가 들려왔다.

[현재 카르마 포인트: 100/100]
[특전 사용에 충분한 카르마 포인트를 보유하고 있습니다.]
['불살의 왕'의 특전이 발동합니다.]

¤ ¤ ¤

다시 눈을 떴을 때는 예상하던 대로 어둠 속이었다.
또 이런 상태인가. 정말, 몇 번이나 겪어도 더러운 기분이다.

[전용 스킬 충돌 오류로 '불살의 왕'의 특전 활성이 지연됩니다.]
[사망으로 인해 의식이 육체의 구속에서 완전히 해방됩니다.]
[전용 스킬, '전지적 독자 시점' 3단계가 강제로 활성화됩니다.]

어둠 속에서, 언젠가 들은 메시지가 또 들려왔다. 다음 순간 눈앞에 화면이 떠올랐다. 3인칭 관찰자 시점.

「"범람하라."」

다른 재앙을 모두 합쳐도 범람의 재앙 하나보다 못하다는 중급 도깨비의 말은 옳았다. 신유승의 한마디에 허공이 일그러지며 괴물들이 튀어나왔다.

전설급 특성인 비스트 로드의 주특기, [몬스터 게이트].

차원을 여행하며 그녀에게 길든 무수한 괴수가 악몽이 되어 지구에 풀려나고 있었다.

「"찢고, 부수고, 파괴하라."」

7급 괴수종들은 물론이고, 6급 이상의 괴수종도 상당수 보였다. 심지어 소재앙이라 불리는 5급 화룡종에 비견되는 놈도 있었다.

「"바야흐로 재앙의 시간이다."」

노들섬이 폭발하며 한강 전체가 하나의 파도가 되었다.

화신들이 비명과 함께 괴수 먹이가 되었다. 뒤늦게 전세를 갖춘 '왕'들이 명령을 내렸다. 그때, 신유승 뒤에서 무시무시한 아우라를 일으키는 한 녀석이 보였다.

「"너를 죽이겠다, 신유승."」

저 자식이 미쳤나? 가공할 파찰음을 내며 유중혁의 에테르 블레이드가 허공을 그었다. 신유승은 가볍게 허리를 숙여 공격을 피한 후 미소를 지었다.

「"벌써 '파천검도' 레벨이 꽤 높네? 하지만 그 정도로는 아무리 날 뛰어도 날 못 이겨. 기껏해야 '레벨' 수준이잖아?"

"이번 회차에서 너는 반드시 죽는다."

"글쎄. 안 된다니까. 십 년 뒤라면 모를까."

"내가 반드시 죽인다."

"……대장답지 않게 흥분했네? 이유가 뭐야?"」

나는 조용히 [1인칭 주인공 시점]을 준비했다.

지금 상황에서는 유중혁에게 이입하는 것이 베스트이리라.

영 기분은 별로겠지만, 녀석에게 이입해 스킬을 뽑아 올 수 있다면 범람의 재앙을 상대하기가 조금 더 쉬워질 테니까.

「"뭔가 이상한데…… 내가 알던 대장 맞아?"」

고개를 갸웃하던 신유승의 눈이 내 시체를 향한 것은 그때였다.

「"저 화신은 누구야? 내가 알던 회차에 저런 사람은 없었어."」

유중혁은 여전히 말이 없었다. 그저 검을 휘두르고, 휘두르고, 또 휘둘렀다.

그것이 할 수 있는 유일한 대답인 것처럼.

얼마나 휘둘렀을까.

유중혁이 천천히 입을 열었다.

「"……그 녀석은."」

신유승의 얼굴이 점차 의구심으로 물들어갔다. 한참을 침묵
하던 유중혁이 짓씹듯 말을 이었다.

「"나의 동료다."」

Episode

바꿀 수 없는 것

Omniscient Reader's Viewpoint

1

「"……대장, 방금 뭐라고 했어?"」

내가 정신을 차린 것은, 어이없다는 듯한 신유승의 목소리 때문이었다.

「"다시 말해봐. 방금 뭐라고 지껄였어? 뭐? 동료?"

"……."

"저 사람이 대장 동료라고?"」

불신 가득한 그 목소리에, 유중혁은 대답하지 않았다.

나도 의외였는데 신유승의 충격은 오죽할까. 설마 저 자존심 강한 유중혁이 나를 '동료'라고 표현할 줄이야.

「"그래."」

갑자기 두려워진다. 아무리 생각해도 저놈이 나를 '동료'라고 할 리가 없는데……

나중에 내가 부활하면 바로 쳐 죽이는 거 아냐?

[성좌, '해상전신'이 당신들의 전우애에 감동합니다.]
[성좌, '대머리 의병장'이 당신들의 전우애에 눈시울을 붉힙니다.]
[500코인을 후원받았습니다.]

……그래, 이제야 납득이 간다.

유중혁 저 자식, 분명 후원을 노렸다.

전우애를 좋아하는 우리엘이 안 보여서 조금 이상하기는 한데, 어쨌든 후원을 노린 신의 한 수가 틀림없다. 피를 철철 흘리면서 비장한 목소리로 외치는 모습을 보니 심증은 점차 확신으로 변해간다.

게다가 유중혁이 아직 3회차임을 감안하면 동료라는 말이 불가능하지도 않았다. 원작의 초반 회차에서도 이현성이나 이설화가 죽었을 때 동료라는 말을 지껄였으니까.

놈이 지금쯤 받고 있을 엄청난 코인을 떠올리자니 속이 쓰렸다.

이렇게 생각하니 차오르던 감동도 싹 달아나는군.

젠장, 저 대사를 내가 했어야 하는데.

「"대장이…… 어떻게 그런 말을 할 수가 있지?"」

물론 유중혁의 속내를 모르는 신유승은 세상이 멸망한 듯한 표정이었다.

그럴 수밖에 없을 것이다. 더군다나 41회차의 신유승은…….

그녀는 회차가 끝날 때까지 한 번도 유중혁에게 동료라는 말을 들어본 적이 없으니까.

콰가가가각!

신유승의 주먹이 유중혁의 칼날과 부딪쳤다.

신체와 병기의 싸움임에도, 손상이 일어나는 쪽은 유중혁의 칼이었다. SS급 도검 진천패도振天覇刀. 특수 옵션은 없어도 내구도와 강도 하나는 끝내주는 그 칼이 신유승의 맨주먹에 고통을 호소하고 있었다.

결국 충격을 못 이긴 진천패도의 칼날이 휘어졌다. 파천강기가 휘감긴 무적의 패도가 무력하게 몸을 굽혔다.

「"어떻게, 어떻게 당신이 감히 내 앞에서!"」

대단한 스킬을 사용한 것도 아니었다. 그저 극한까지 응축된 에테르를 내던진 일격. 그 일격에 유중혁이 피를 쏟으며 뒤로 날아갔다.

공격도, 속도도, 변화도.

신유승은 모든 면에서 유중혁을 앞섰다. 유중혁이 자랑하던

[주작신보]나 [파천검도]마저 신유승 앞에서는 빛이 바랬다. 끔찍한 파육음破肉音과 함께 유중혁의 얼굴이 쉴 새 없이 돌아갔다. 재능의 문제가 아니라 시간의 문제였다.

아무리 약화된 채 강림한다 해도, 41회차의 신유승은 '비스트 로드'로서 도달할 수 있는 한계치에 가깝게 성장했던 존재. 그에 반해 이번 회차의 유중혁은 강해봤자 초반의 유중혁일 뿐이었다.

「"어째서 그 사람을 동료라 부르지? 당신을 위해서 희생해줬으니까? 겨우 그런 것 때문에?"」

쉴 새 없이 울컥거리며 터지는 핏줄기. 그럼에도 유중혁은 굴하지 않았다. 굴하지 않고 계속 검을 휘둘렀다.

저 멍청이가 대체 왜 싸우는 거야? 전신에서 피를 뿜는 유중혁을 보며 차츰 답답해지기 시작했다. 불리한 걸 알면 진즉에 도망갔어야 하잖아? 평소에는 잘하면서, 대체 왜?

다시 한번 주먹을 날린 신유승이 입을 열었다.

「"그럼 우리는 뭔데? 지혜 언니는, 현성 오빠는. 그리고 설화 언니는? 당신만을 위해 싸운 사람들은 당신한테 대체 뭐였는데?"」

"나는 네가 무슨 말을 하는지 모르겠다."

"뭐?"

"내가 아는 건 하나뿐이다."

유중혁이 피 묻은 입술을 닦으며 말했다.

「"너는 이번 회차에서 내 동료를 죽였다. 그러니 너도 죽을 것이다."」

젠장, 이번에는 나도 모르게 감동이 차올랐다.

[과도한 몰입으로 '제4의 벽'의 일부 기능이 제한됩니다.]

아무리 연기라도 저 정도면 속아줘도 괜찮겠다 싶을 정도다.

그래, 이 맛에 멸살법 읽는 거지. 생각해보니 유중혁이 멸살법의 인물들에게 비슷한 말을 했을 때도 나는 눈시울을 붉혔던 것 같다.

갑자기 기분이 싱숭생숭해진다.

한낱 독자이던 내가 무려 주인공인 유중혁의 동료가 되다니. 신유승은 모든 것을 다 잃은 듯한 얼굴로 유중혁을 보고 있었다.

「"당신은 그래선 안 돼……."」

불길한 아우라가 그녀의 주변을 잠식하고 있었다. 공허감이 배신감으로, 배신감이 다시 분노로 바뀌는 과정.

「"이제 와 그런 식으로 변하는 거, 용납할 수 없어."」

신유승의 주먹에 깃드는 가공할 에테르. 신명 나게 맞는 게 보기 좋아서 좀 더 지켜볼까 싶었는데, 이대로는 안 되겠다는 위기감이 엄습했다.

[과도한 몰입으로 '전지적 독자 시점'의 숙련도가 대폭 상승합니다.]

잘못하면 정말로 유중혁이 죽게 생겼으니까. 그럼 진짜 죽도 밥도 안 된다. 나는 빠르게 [전지적 독자 시점]의 모드를 전환했다.

3인칭 관찰자 시점에서, 1인칭 주인공 시점으로.

[시점을 1인칭으로 변경합니다.]
['1인칭 주인공 시점' 변경에 실패했습니다.]

뭐? 왜?

[시점 변경의 조건을 충족하지 못했습니다.]

뒤통수를 한 대 맞은 느낌이었다. '1인칭 주인공 시점'의 사용 조건은 두 가지다.

하나, 내가 죽어서 유체이탈 상태일 것.
둘, 나와 이입 대상이 동시에 서로 떠올리고 있을 것.

첫 번째 조건은 충족했으니 문제는 두 번째 조건인데, 이런 상황에서 충족이 안 될 리 없었다.

아니, 복수한다고 길길이 날뛰더니 그건 다 뭐였는데 그럼?

미친 듯이 검격을 쏟아내기 바쁜 유중혁을 보며 나는 잠시 멍해졌다.

「"죽인다. 나는 반드시 네놈을 죽인다."」

……저 자식, 혹시 아무 생각도 없는 건가? 유중혁을 가만히 바라보던 신유승이 입을 열었다.

「"……안 되겠다. 간단히 끝내려고 했는데, 생각이 바뀌었어."」

신유승의 입가에 악귀 같은 웃음이 걸렸다.

「"가장 끔찍한 방식으로, 대장의 세계를 끝내줄게."」

신유승의 눈이 유중혁이 아닌 다른 곳을 향했다. 그 시선을 따라간 순간, 가슴이 덜컥 내려앉았다.

제기랄. 이제 진짜로 두고 볼 수 없다.

유중혁이 아니라도 좋으니, 다른 사람에게라도 이입하지 않으면……

그 순간, 날카로운 감각이 뇌리를 스쳐 갔다.

예상치도 못한 인물이 나를 생각하고 있었다.

이 인물한테 이입할 수 있다고? 그럴 리가 없는데?

아, 그런가. 방금 유중혁이 그 말을 해서?

그래, 어쩌면 이쪽에 이입하는 게 더 좋을지도 모른다.

모르겠다, 일단 되는 대로 해보자.

나는 해당 인물에 모든 심력을 투사하기 시작했다. 잠시 후 시야가 흔들리며 구토감이 찾아왔다.

[시점을 1인칭으로 변경합니다.]

사위가 뒤바뀌며 내 의식이 어디론가 빨려나갔다.

¤ ¤ ¤

동료라고?

처음 그 말을 들은 순간, 신유승은 귀를 의심했다.

동료라니. 어떻게 그런 말이 가능하단 말인가.

다른 사람도 아닌 유중혁이.

신유승은 가슴 깊은 곳에서 피어나는 동요를 이해할 수 없었다. 그것은 천 년에 달하는 시간 동안 그녀가 잊은 어떤 감정을 불러일으켰다.

그 유중혁이, '동료'라니.

대체 유중혁에게 무슨 일이 있었는지는 모른다. 하지만 만약 저 말이 사실이라면, 혹시 이번 회차의 유중혁이라면, 어쩌면, 나한테도…….

콰아아앙!

신유승은 자기도 모르게 바닥을 내리쳤다.

'저열하다.'

신유승은 그렇게 생각했다. 그렇게 생각했기에.

"마지막 기회야."

그런 생각을 하는 자기 자신을 도저히 용납할 수 없었다.

"지금이라도 그 말 취소하면 고통 없이 보내줄게. 당신 입으로 말해봐. 당신은 동료가 없다고, 당신밖에 모르는 인간이라고 당장 말해."

피떡이 된 상태에서도 유중혁은 대답하지 않았다. 신유승에게 맞은 한쪽 팔은 으스러졌고, 다리는 근육이 파열되었다. 그럼에도 유중혁의 고고한 눈동자는 여전히 살아 있었다.

신유승은 유중혁을 잠시 바라보다가 으드득 이를 갈았다.

"붙잡아."

[몬스터 게이트]를 통해 넘어온 6급 괴수종 '유황 미라'들이 움직였다. 미라의 새하얀 붕대가 유중혁의 전신을 옭아맸다. 팔다리가 금방이라도 찢어질 것처럼 팽팽하게 당겨졌다. 신유승이 말했다.

"하나씩 죽여줄게, 대장. 대장 눈앞에서, 가장 고통스러운 방식으로."

신유승은 유중혁을 내버려둔 채 섬 바깥쪽으로 걸어나갔다.

"죽여! 저년이 재앙이야!"

신유승을 발견한 화신들이 물가에서 하나둘씩 기어 올라오고 있었다. 신유승은 그들을 향해 좌에서 우로 가볍게 손을 움직였다. 달려들던 화신들이 물 먹은 신문지처럼 찢어졌다. 비명을 지를 틈도 없는 학살.

"범람하라."

그 한마디에 [몬스터 게이트]에서 괴수가 쏟아져 나왔다. 개중에서도 가장 강력한 두 마리는 마치 호위라도 하듯 신유승 뒤에 섰다.

5급 해수종 킹 매스우드.
5급 괴수종 헤비메탈콩.

한 세계의 '소재앙'으로 군림할 수 있는 괴수들. 신유승의 명령이 이어지려는 순간, 옆쪽에서 날카로운 공격이 날아들었다.

"어딜 가려고?"

번뜩이는 장도. 날씬한 스커트에 검은색 후드 집업. 신유승은 그녀가 누구인지 바로 알아보았다. 이지혜의 분노한 눈동자에서 [귀살]이 타오르고 있었다.

"감히 사부를 저 꼴로 만들어?"

이지혜에게서 위인급 성좌의 위엄이 뿜어져 나왔다. 바다에서 그 누구보다 강력한 해상의 전신. 신유승은 이지혜가 사용하려는 성흔을 눈치챘다.

그랬지, 그러고 보니 이곳은 강이었지.

"……신에게는."

구절을 읊는 순간, 한강 곳곳에서 물줄기가 솟아오르며 투명한 함선이 떠올랐다.

"아직 열두 척의 배가 남았으니……!"

기세등등한 패기를 흩뿌리며, 함선 열두 척이 한강 물결 위에 모습을 드러냈다. 마주하는 것만으로도 오금이 저리는 광경.

충무공의 성흔, 유령 함대.

자신을 압박해오는 함선의 기파 앞에서도, 신유승은 그저 그립다는 듯 미소 지을 뿐이었다.

"……그랬지. 그게 언니 특기였지."

"언니? 나보다 나이도 많아 보이는 게 뭔 개소리야!"

"하지만 아직 멀었어. 함장은 배 위에 있어야지, 이런 곳에 있으면 어떡해?"

순식간에 코앞까지 다가온 신유승이, 이지혜의 턱에 손을 가져다댔다. 반항할 틈도 없는 쾌속이었다.

"불쌍한 언니. 아무것도 모른 채로."

"이런 씨, 무슨 속도가……!"

황급히 물러섰지만 신유승의 속도를 따라갈 수 없었다.

"당신은 모를 거야. 유중혁이 당신을 어떻게 이용하고, 어떻게 버릴지. 당신이 어떻게 죽게 될지."

이지혜의 칼날이 신유승을 향해 날아들었다. 신유승이 그 칼날을 아주 가볍게 쥐어 잡으며 말을 이었다.

"평생 유중혁한테 인정받고 싶어하던 당신은, 당신이 그렇게 좋아하던 해상에서 죽어. 당신의 배후성을 증오하는 성좌들에게……."

"전군, 포격하라!"

이지혜의 처절한 외침에, 함선 열두 대 척이 동시에 발포를 개시했다. 날아드는 포탄을 보며, 신유승이 웃었다.

"그런 당신을 잃고 유중혁이 한 말이 뭔지 알아?"

포탄이 신유승의 몸을 그대로 난타했다. 쫘르르릉, 하는 폭음이 울렸다. 포연이 걷힌 자리에 나타난 신유승이 말을 이었다.

"앞으로 해상전은 조금 힘들겠군."

무수한 포탄 세례는 신유승의 하얀 외투에 조금도 타격을 주지 못했다. 신유승의 고유 스킬이자 강력한 방어 스킬 중 하나인 [야수왕의 감수성]. 그녀를 감싼 백색 옷깃은, 단 한 치의 흠집도 용납지 않겠다는 듯 고고한 자태를 유지하고 있었다.

"걱정 마, 언니. 이번 회차에선 그런 일 없을 거야."

신유승이 하얗게 웃었다.

"내가 고통 없이 보내줄 테니까."

2

신유승의 오른손이 조용히 하늘로 치솟았다.

"울어라, 킹 매스우드."

그러자 그녀의 뒤에 똬리를 틀고 있던 어룡의 왕이 조용히 몸을 일으켰다.

바다를 유린하는 어룡들의 왕, 킹 매스우드의 [냉기 숨결].

한강의 저변이 순식간에 얼어붙었고, 함포를 발사하던 유령 함대는 숨결에 휩싸여 조금씩 기능을 잃어갔다.

"충고 하나 해줄게, 언니. 유령 함대는 강하지만, 물이 없으면 아무 의미도 없어."

모든 것은 찰나였다. 신유승의 주먹이 움직인 것도, 뭔가 터지는 소리가 난 것도. 검을 놓친 이지혜의 신형이 맥없이 하늘로 솟구쳤다.

"물론 이번 회차에선 아무 쓸모도 없는 충고겠지만."

피를 흘리며 날아가는 이지혜의 눈빛에는 이미 한 줌의 의식도 남아 있지 않았다. 킹 매스우드의 [냉기 숨결]이 마침내 한강 전체로 퍼져나가고 있었다.

"으아아악! 뭐야!"

강을 건너오던 화신들이 난데없는 한파에 비명을 질렀다. 밀려든 냉기의 파랑에, 수백의 인파가 얼어붙은 한강 위에서 꼼짝없이 동사할 운명에 놓였다. 무기력하게 굳어가던 화신들을 구해준 것은 근처에서 상황을 지켜보던 괴력의 소유자였다.

[등장인물 '이현성'이 성흔 '태산 부수기 Lv.5'를 사용합니다!]

비정상적으로 부풀어 오른 이현성의 오른팔이 얼어붙은 강을 내리쳤다. [태산 부수기]를 과도하게 운용한 탓에 터질 듯 부푼 팔이 망가지기 시작했다. 하지만 그의 노력은 보답을 받았다.

쩌저저저적!

금이 간 한강 표면이 그대로 무너지며, [냉기 숨결]의 영향력이 주춤했다. 그 틈을 타 지상으로 올라온 화신들이 노들섬으로 진군했다.

"우와아아아!"

"쳐라!"

군세의 중심에 있는 이현성을 보며 신유승이 슬퍼 웃었다.

"그래, 현성 오빠. 당신도 있을 줄 알았어."

"……저를 아십니까?"

"우리의 가장 든든했던 방패. 내 목숨을 많이 구해줬지."

신유승의 손짓에, 이번에는 뒤에 있던 거대 침팬지가 가슴을 두드리며 앞으로 나왔다. 5급 괴수종, 헤비메탈콩.

쿠웅―!

뒷발을 찧는 스텀핑에 근처에 있던 화신들이 통째로 나뒹굴었다. 이현성은 헤비메탈콩을 향해 달려들었다.

부풀어 오른 이현성의 팔과 헤비메탈콩의 강철 근육이 정면에서 맞부딪쳤다. 이현성의 힘은 놀라웠다. 실핏줄이 터지고 입술에서 피가 흐르는 상황인데 5급 괴수종에게 조금도 밀리지 않았다.

아니, 오히려 압도하고 있었다.

쿠르르……?

신유승은 그런 이현성을 보며 무감각하게 말을 이었다.

"그때나 지금이나 똑같네, 현성 오빠는. 유중혁의 가장 충직한 군견."

"당신은 누굽니까?"

"무수한 사람의 목숨을 구해준 당신은, 마지막까지 유중혁을 지키다가 철혈룡의 브레스를 맞고 한 줌의 재로 흩어졌어."

"무슨…….."

"그때 유중혁이 뭐라고 했는지 알아?"

자신이 받은 상처를 타인에게 이식하듯, 신유승의 혀끝이 날카로운 메스처럼 움직였다.

"아까운 방패를 잃었군."

묘하게 변하는 이현성의 표정을 보며, 신유승은 고독한 쾌감에 몸부림쳤다. 그래, 당신들도 느껴야 해. 내가 받은 고통을, 내가 본 광경을. 모두 가져가진 못하겠지만, 당신들도 이것을 이해해야 해.

하지만 신유승은 몰랐다.

이번 회차는 그녀가 아는 회차와 다르다는 것을.

헤비메탈콩의 공격을 쳐낸 이현성이 입을 열었다.

"무슨 말씀이신지 모르겠지만, 저는 유중혁 씨를 따르지 않습니다."

"뭐?"

"저는 김독자 씨의 일행입니다."

"김…… 뭐?"

꽈아앙, 하는 소리와 함께 헤비메탈콩이 넘어졌다.

표정이 굳어진 신유승이 이현성에게 다가갔다.

"무슨 소릴 하는 거야?"

북이 터지는 듯한 소리와 함께 이현성의 신형이 허공을 날았다. 신유승은 이현성의 배에 맹공을 가했다. 한차례 몰아친 에테르의 폭풍이 단단한 이현성의 복부를 꿰뚫더니 강 한가운데로 날려버렸다.

장기가 모조리 파열되기에 충분한 일격이었다.

이현성은 이제 3회차를 계속 살아가지 못할 것이다.

하지만 신유승 머릿속에는 의문이 남았다.

이제까지 한 번도 들어보지 못한 이름.

김독자…… 그게 대체 누구지?

자신을 향해 달려드는 화신들의 목을 찢으며, 신유승은 얼어붙은 강을 천천히 걸어나갔다. 겁먹은 화신들이 달아나다 괴수의 발톱에 뜯겨 죽었다. 사람들 눈가에 조금씩 공포가 내려앉고 있었다.

저항할 수 없는 재해와 마주한 화신들 사이로 체념이 번져갔다.

물론 저항하는 이들도 있었다.

"쏴라!"

전열을 가다듬은 왕들이 원거리 타격 스킬을 이용해 화살비와 마력 탄환을 퍼부었다. 신유승도 그들을 알고 있었다.

미희왕 민지원.
미륵왕 차상경.
중립의 왕 전일도.

이상한 일이었다. 본래 살아 있지 않거나 이미 유중혁의 부하가 돼 있어야 할 이들이었다. 왜냐하면 유중혁을 제외한 다른 '왕'은, 네 번째 시나리오가 끝나는 순간 '단 하나의 왕좌'에

통합되었어야 하니까.

그런데 저건 대체 뭔가.

"쳐라! 적은 단 하나다!"

저 오합지졸 군대는 대체 누구에게서 명을 받는가.

절대왕좌는 대체 어디 갔지?

이 세계는 누가 다스리는 거야?

살의가 느껴진 것은 그때였다. 차르르르, 하는 소리와 함께 신유승이 딛고 선 바닥이 얼어붙고 있었다.

······냉기 숨결?

반사적으로 뒤를 돌아보니 그녀를 향해 숨결을 퍼붓는 거대한 어룡이 있었다. 킹 매스우드가 아니었다. 신유승이 반사적으로 오른손을 들어 올리자 킹 매스우드가 움직였다.

그오오오오!

두 마리 어룡이 동시에 서로 포효를 내지르며 뒤엉켜 부딪쳤다. 왕과 여왕이 서로 물어뜯으며 한강 전체를 거대한 옥타곤으로 만들었다. 킹 매스우드와 싸울 수 있을 만한 크기의 어룡. 그런 어룡은 신유승이 알기로 하나뿐이었다.

"퀸 미르바드?"

지구에 있다는 건 알았지만 퀸이 그녀를 공격할 이유는 없었다.

아니, 대체 왜?

"네가 미래의 '나'지?"

소리가 들린 쪽을 돌아보는 순간, 신유승의 머릿속이 하얗게 변했다. 너무나 그리운 어떤 시절이 영혼을 흔들고 지나갔다.

"아저씨 살려내!"

울부짖는 소녀의 모습, 그리고 그런 소녀를 막아서는 여인.

"유승아, 안 돼!"

찌잉— 하는 충격과 함께 재앙 신유승은 모든 사태를 알아챘다.

"하하…… 그래. 그럴 줄 알았어."

신유승은 신형을 띄워 소녀를 향해 다가갔다.

그가 아는 유중혁은 당연히 이래야 했다.

목적을 위해 수단도 방법도 가리지 않는 그 비열한 인간은 처음부터 이랬어야 했다.

"유중혁, 이 인간 말종 새끼……."

"유승아, 달아나!"

단도를 빼 든 유상아가 [헤르메스의 산책법]과 [아라크네의 거미줄]을 동시에 발동하며 달려들었다. 신유승의 눈빛에 이채가 스쳤다.

'……올림포스?'

하지만 단도는 신유승에게 닿지 못했다. 간단한 손짓에 [몬스터 게이트]에서 나온 비행종들이 한꺼번에 유상아를 향해 쏟아졌다. 순식간에 포위된 유상아의 신형이 몬스터 무리 속으로 사라졌다.

그런 유상아를 내버려두고, 신유승은 소녀를 향해 다가갔다.

두려움과 분노로 물든 소녀의 눈동자가 그녀를 올려다보고 있었다. 마치 포박이라도 당한 것처럼 소녀는 한 발짝도 움직이지 못했다. 신유승은 소녀의 뺨에 손을 가져다댔다.

"역시 유중혁은 이 세계선의 '나'를 찾아냈구나."

"으, 아……."

"어린 '나'를 죽여서 지금의 '나'를 막으려 한 거야. 그렇지?"

맞아떨어지는 추리에 머릿속에서 가공할 희열이 들끓었다. 일순 희미해졌던 증오와 분노가 빠르게 제자리를 되찾았다. 역시 몇 번이나 과거로 돌아가봤자 바꿀 수 없는 것도 있다.

'재앙 신유승'이 웃었다.

"안녕, 과거의 나."

손이 움직이려던 순간. 뒤쪽에서 내리꽂힌 강력한 일격이 굉음과 함께 그녀를 집어삼켰다. 먼지가 걷힌 곳에 거대 사마귀의 낫이 번뜩이고 있었다.

"6급 충왕종?"

"티타노! 해치워!"

마구잡이로 쏟아지는 거대 사마귀의 낫 공격이 바닥을 두부처럼 헤집었다. 무서운 공격이었다. 하지만 당연하게도 '재앙'을 상대할 수 있는 공격은 아니었다.

"꺼져라."

재앙 신유승의 오른팔에 응축된 에테르가 티타노프테라의 배에 작렬했다. 고통스러워하며 초록색 피를 쏟은 거대 사마귀가 그대로 바닥에 무릎을 꿇었다.

"티타노!"

분노한 이길영이 거대 사마귀의 머리에서 뛰어내렸다. 이길영의 몸에서 나온 노란색 점액질이 낙하선처럼 산개해 허공으로 퍼졌다.

"가! 앤티누스!"

기생종이 날개를 치며 뻗어 나왔다.

5급 기생종, '패러사이트'.

신유승은 깜짝 놀랐다.

"······앤티누스?"

그 존재를 알고 있었다. 왜냐하면 그녀가 지구에 오기 전 멸망시킨 곳이 행성 클로노스니까. 앤티누스는 클로노스의 지배종. 여왕의 격을 갖춘 괴수였다.

믿을 수 없었다. 지배종을 수하로 부리는 아이가 있다고?

"제법이구나, 꼬마야."

놀라움도 잠시, 기생을 시도하던 앤티누스는 신유승의 손아귀에 허망하게 붙잡혔다. 앤티누스의 점액이 새카맣게 타오르기 시작했다.

갸아아아아······.

당연한 일이었다. 길잡이는 재앙에 대항할 수 없으니까.

"길잡이를 길들일 정도의 재능이라니. 너 역시 '로드'의 재능을 가진 아이구나. 그렇지? 너도 대장이 찾은······."

이길영은 그녀의 질문에도 아랑곳하지 않고 달려왔다.

"독자 형 어쨌어!"

"뭐?"

"우리 형 어디 있냐고!"

이길영이 달려들어 주먹으로 배를 때렸다. 나름대로 회심의 일격이었으나 오히려 이길영의 손목이 부러졌다. 대단한 재능이지만 상대가 나빴다. 신유승의 하얀 손이 이길영의 목을 잡고 들어 올렸다.

"……'독자'가 대체 누구니?"

발버둥 치는 이길영의 얼굴에 피가 몰리고 있었다.

"말하렴. 그러지 않으면 죽을 거야."

그때, 멀리서 포격 소리가 들리더니 그녀가 서 있던 대지가 폭발했다. 신유승은 가볍게 뛰어 그 포격을 피했다.

[유령 함대]의 함포 사격? 어떻게?

"길영아!"

멀리서 이지혜와 이현성이 달려오는 모습이 보였다. 재앙 신유승의 머릿속에 의문이 떠올랐다.

이상하다. 분명 즉사할 정도의 충격이었을 텐데 어떻게 살아 있지?

설마 위력 조절에 실패했나? 내가?

일이 귀찮아졌음을 깨달은 신유승이 이길영의 목을 붙든 손에 힘을 주었다. 어차피 이렇게 되었으니 저들에게 물어보는 편이 낫겠지.

"잘 가라, 꼬마야."

그런데 꽉 움켜쥐는 순간, 머릿속에 찌릿한 통증이 퍼지며 갑자기 신경절이 말을 듣지 않았다. 깜짝 놀라 이길영을 바닥에 떨어뜨렸다. 벌벌 떨리는 오른손이 기형적으로 꿈틀거렸다.

설마 패러사이트에 감염되었나?

아니, 그럴 리 없다. 고작 5급 기생종이 세계선의 귀환자인 자신에게 간섭할 수는 없다. 그렇다면 이건 대체 뭐지?

왜 갑자기 몸이 말을 안 듣는 거야?

그 순간, 목소리가 들려왔다.

「그만둬, 신유승.」

아무 말도 아닌데, 이상하게 그 목소리를 듣자마자 마음 깊은 곳 어딘가가 허물어지는 것만 같았다. 심장 한쪽이 미칠 듯이 아파오기 시작했다. 모르는 목소리다. 분명 모르는 목소리인데.

"……다, 당신 대체 누구야? 내 안에서 꺼져!"

어째서 이렇게 그리운 느낌이 들까.

신유승은 그런 자신의 감각에 저항하듯 머리를 감쌌다.

"나가! 내 안에서 나가라고!"

구토감이 밀려왔다. 자신이 모르는 기억들이 머릿속을 맴돌았다. 이어져서는 안 될 세계가, 이어질 수 없던 필름이 서로 뒤엉키고 있었다.

「유승아.」

그 목소리에 불현듯 정신을 차렸을 때, 재앙 신유승의 눈앞에는 어린 신유승이 있었다.

어린 신유승의 조그만 입술이 움직였다.

"……아저씨, 혹시 거기 있어요?"

3

  재앙의 몸을 조종한다? 처음부터 이럴 생각은 아니었다. 본래 내 계획은 달랐으니까. 하지만 신유승의 내부에 들어온 순간, 계획을 전면 수정하기로 했다.

[전용 스킬, '전지적 독자 시점' 3단계를 발동합니다.]
['1인칭 조연 시점'이 발동했습니다.]

  정확히는, 수정할 수밖에 없었다.

「……인정할 수 없어.」
「그럼 나는 뭔데? 내가 살아온 시간은?」
「내 생은 뭘로 보상받는데?」

몰아치는 상념 속에서, 나는 신유승의 눈으로 세계를 보았다.

신유승의 코로 숨을 쉬었고, 신유승의 손으로 사람을 죽였다. 신유승의 목소리로 신유승의 생각을 말했다. 나는 신유승이었다.

['제4의 벽'이 격심하게 흔들립니다.]

그리고 이지혜와 마주쳤다. 마주친 순간 알았다. 이지혜는 여기서 죽을 것이다. 그래서 처음으로 지금껏 하지 않은 일을 해봤다.

['1인칭 조연 시점'으로 등장인물 행동에 간섭합니다.]
['제4의 벽'이 불길하게 흔들립니다.]

머릿속에 전류가 몰아치더니 격통이 뒤따랐다. 그럼에도 신유승이 결정적 타격을 가하는 순간, 그 오른손에서 힘을 뺄 수 있었다. 미세한 조정이기에 신유승은 눈치채지 못했지만, 나는 분명히 해냈다.

이지혜는 죽지 않았다.

[등장인물 '신유승'에 대한 당신의 이해도가 상승합니다.]

같은 일은 이현성 때도 반복되었다.

정신은 조금씩 넝마가 되어갔지만, 이걸로 뭔가 할 수 있지 않을까 하는 생각이 들었다. 나는 조금씩 심력을 더 쏟아부었고, 신유승의 육체에 대한 점거 반경을 늘려갔다.

그리고 마침내 신유승이 이길영의 목덜미를 쥔 순간.

"다, 당신 누구야?"

나는 신유승의 오른손을 내 의지대로 조종하는 데 성공했다.

[등장인물 '신유승'에 대한 당신의 이해도가 매우 높습니다.]

나의 것이 아닌, 누군가의 팔을 온전히 내 뜻대로 움직인다는 것.

놀라운 경험이었다.

"……아저씨?"

어린 신유승이 물었다.

"내 안에서 꺼져!"

내 통제에 놓였던 신유승의 오른팔이 발작을 일으켰다. 기형적으로 꺾인 팔이 새카맣게 변했고, 도드라진 혈관이 터질 것처럼 부풀어 올랐다. 어린 신유승이 까맣게 변한 팔에 달려들었다.

"아저씨, 거기 있는 거 아저씨 맞죠? 아저씨!"

어린 신유승이 내가 깃든 오른팔을 붙잡았다. 그 순간, 오른팔을 중심으로 강력한 스파크가 일었다. 개연성 폭풍이 일어날 때와 비슷한 스파크. 사람들이 놀라 달려왔지만 휘몰아치는 스파크가 그들을 날려버렸다.

'재앙 신유승'과 '어린 신유승'이 동시에 서로 보았다.

기억의 파도가 몰려오고 있었다.

「"아저씨."」

「"대장."」

하지만 그럴 리가 없었다. '끊어진 필름 이론'이 맞는다면, 두 사람의 존재가 이어지더라도 역사는 이어질 수 없다.

「"저…… 죽이셔도 돼요. 괜찮아요."」

「"나도 살아남고 싶었어."」

본래 '끊어진 필름 이론'은 '등장인물'에게만 적용된다.

그리고 나는 소설 바깥에서 왔다.

만약 내 존재가…… 이 둘의 기억을 잇는 역할을 했다면?

그래서 이어져선 안 되는 두 필름이 잠시나마 이어졌다면?

눈을 감자 두 명의 신유승이 내 손을 붙잡고 있는 것이 느껴졌다.

3회차와 41회차.

서로 다른 두 시간이 서로 마주 보고 있었다.

「"저한테도 살아갈 가치가 있을까요?"」

「"하지만 이런 삶에 무슨 가치가 있다는 거야?"」

"안 돼! 이건…… 이 기억은……."

당황한 재앙 신유승이 말을 더듬더니 파랗게 질린 입술을 짓씹었다.

재앙 신유승 내부에서 강력한 기운이 일어났다. 뭔가 찢어지는 소리와 함께 어린 신유승이 오른팔에서 튕겨 나갔다. 나를 내보내겠다는 일념 하나로, 신유승은 자기 육신을 쥐어짜고 있었다.

푸슛, 푸슈슛!

칠공에서 피가 흘러내렸고, 전투력이 급격하게 떨어지기 시작했다. 무리한 마력 운용으로 인해 영육의 밸런스가 무너지고 있었다.

「신유승! 그만둬라!」

"아아아아악!"

신유승은 머리를 붙잡은 채 나를 빼내려 안간힘을 썼다. 감각을 공유하는 나 또한 밀려오는 구토감과 통증으로 미칠 것 같았다. 신유승의 머리가 하얗게 세고 있었다.

나는 잠시 고민했다.

이대로 내가 조금 더 버틴다면, 재앙 신유승은…….

……빌어먹을!

신유승의 몸에서 의식이 빠져나오는 순간, 주변의 오감이 모조리 사라졌다.

[스킬 충돌 오류가 정상화됐습니다.]
[지연되었던 '불살의 왕'의 특전이 재발동합니다.]
[당신의 육신이 죽음 속에서 부활합니다.]

어울리지 않는 선택일지도 모른다.
하지만 한번 해보고 싶은 게 생겼다.

[성별 바꾸기를 좋아하는 한 성좌가 아쉬워합니다.]

하지 않으면 후회할 것 같은 일이었다.

[육체 재생이 시작됩니다.]
[전용 스킬, '제4의 벽'이 죽음으로 인한 정신 충격을 상쇄합니다.]
['전지적 독자 시점' 3단계의 사용 보상이 준비 중입니다.]

화룡종에게 죽은 이후 두 번째 부활. 말초신경부터 세세하게 재구성되는 그 감각에 나는 다시 한번 몸부림쳤다. 입자 단위로 재생된 폐에 공기가 들어찼고, 시신경이 뭉쳐지며 시야가 드러나기 시작했다. 추상적으로 진행되던 정신 활동은 말랑한 대뇌피질 위에 고스란히 이식되었다.

[‘불살의 왕’의 특전이 완료됐습니다.]
[카르마 포인트 100을 소진했습니다.]
[노폐물이 완전히 빠져나가며 육체의 성능이 상승합니다.]
[체력과 마력이 2레벨씩 상승합니다.]
[해당 시나리오의 종합 능력치 제한 기준을 초과했습니다.]

하아아…….

다행히 두 번째 부활이라 그런지 꼴사나운 면모는 보이지 않았다.

주변을 둘러보니 내가 사용하던 옷과 아이템이 너부러져 있었다. 다행히 아직 아무도 안 가져갔군. 누가 볼세라 주섬주섬 챙겨 입는데, 뒤쪽에서 섬뜩한 목소리가 들렸다.

“……김독자?”

아, 그러고 보니 이 자식이 바로 옆에 있었지.

머쓱한 얼굴로 뒤를 돌아보자, 유중혁이 불신 가득한 눈으로 나를 보고 있었다. 유황 미라에게 포박된 놈의 어깨가 부들부들 떨렸다.

“대체 어떻게……?”

여기서 ‘불살의 왕’에 대해 설명할 수는 없었다. 나는 한숨을 쉬며 대답했다.

“또 죽인다고 하진 마라. 이번에 죽으면 진짜 돼지거든.”

"김독자, 네놈······!"

"설명은 나중에 하고, 일단 같이 가자. 시간 없으니까."

나는 '신념의 칼날'로 유황 미라의 붕대를 끊고 유중혁을 풀어주었다. 비명을 지른 유황 미라가 나를 바라보는 순간, [책갈피]를 통해 [바람의 길]을 활성화했다.

슈우우우우!

다친 유중혁을 어깨에 둘러멘 채 한강 빙판길을 달려갔다. 멀리서 괴수와 싸우는 화신들이 보였다. 용산구에서 피어오르는 검은 아우라. 확실하다. 저곳에 재앙 신유승이 있다.

"아저씨?"

"독자 씨!"

나를 발견한 일행들이 달려왔다. 나는 유중혁을 바닥에 내려놓았다.

"잠깐 쉬고 있어라."

그리고 곧장 재앙 신유승을 향해 다가갔다.

"독자 씨, 위험합니다!"

"괜찮아요."

이현성의 만류를 제지하며 발걸음을 옮겼다.

"신유승."

그토록 강력하던 '범람의 재앙'은 머리가 하얗게 센 채 주저앉아 있었다. 칠공에서 흐른 피가 바닥에 고여 있었다.

아직 무시무시한 아우라를 발산하고 있었기에 화신들은 감히 접근하지 못했지만, 나는 확신이 들었다. 모두 힘을 합친다면 지금의 '범람의 재앙'은 죽일 수 있다.

"당신은…… 대체…… 누구야……?"

떨리는 눈으로, 재앙 신유승이 나를 보았다.

"모두 망쳤어…… 당신 때문에…… 내가 아는 회차에서 없었던."

천 년의 세월을 버틴 영혼이 두려움에 떨고 있었다.

"없었던, 일인데."

유중혁의 변화를 시작으로, 그녀의 아집은 어린 신유승과 맞닿은 순간 부스러졌다. 유중혁에 대한 증오. 천 년에 달하는 세월이 쌓아온 분노. 그 견고한 감정이, 흘러 들어온 기억의 파랑에 무너지는 것을 나는 똑똑히 보았다.

어쩌면 이 세계가 바뀔 수도 있다는 희망.

재앙 신유승은 그 작은 희망을 보고 만 것이다. 아주 작은 빛으로도 절망을 압도하고 마는 희망을. 나는 신유승에게 다가가 함께 무릎을 꿇었다. 신유승이 이글거리는 눈으로 나를 보았다.

"잘 왔어."

나는 그녀가 가장 듣고 싶은 말이 무엇일지 계속 생각했다. 그런 건 멸살법에도 나오지 않는다. 스스로 생각하는 수밖에는 없다.

내가 만약 신유승이었다면…….

"난 오랫동안 너를 기다렸어."

신유승의 동공이 불안하게 흔들렸다.

"······날 기다렸다고? 넌 대체 누군데?"

"너와 같은 세계를 원하는 사람."

그 말에 신유승의 눈빛이 멍하게 변했다.

「나는······.」

어느새 다가온 유상아가 내 어깨를 짚었다.

"독자 씨."

나는 고개를 끄덕였다. 그리고 자리에서 일어났다. 동료들이 나를 바라보고 있었다. 나는 한 명 한 명을 바라보며 입을 열었다.

"여러분."

나는 '범람의 재앙' 에피소드를 좋아했다. 에피소드에 나오는 모든 인물을 사랑했고 소중하게 여겼다.

하지만 그랬기에 이 에피소드가 없기를 바랐다.

"저는 '재앙'을 죽이지 않겠습니다."

나는 생각했다.

본래의 3회차에서 '범람의 재앙'은 존재가 연결되어 있던 어린 신유승의 사망과 함께 소멸한다. 하지만 이 에피소드에는 내가 모르는 다른 결말이 있지 않을까.

한 번도 시도되지 않은, 그런 결말이.

"반론은 받지 않을 겁니다. 이번만큼은 여러분이 제 억지를 들어주셨으면 좋겠습니다."

"아저씨, 그게 뭔 헛소리야?"

다섯 번째 메인 시나리오에는 '제한 시간'이 없다.

만약 '범람의 재앙'은 '재앙'으로서의 역할을 포기하고, 우리는 '재앙'을 사냥하지 않는다면.

누구도 죽지 않은 채 이 시나리오가 '계속될 수' 있는 것은 아닐까.

어떤 사람은 이해한 눈빛이었고, 또 누군가는 당황한 모습이었다.

가장 먼저 고개를 끄덕인 사람은 유상아였고, 가장 먼저 입을 연 사람은 이현성이었다.

"생각이 있으시겠지요. 저는 독자 씨 판단을 따르겠습니다."

"형이 원한다면 좋아요. 근데 내 티타노 때린 만큼만 저 사람 때려도 되죠?"

"젠장, 맘대로 해. 언제는 아저씨 맘대로 안 했나? 근데 괜찮은 거야?"

일행들 목소리를 들으며 나는 어린 신유승을 바라보았다.

"저는……."

소녀의 눈가에 눈물이 맺히고 있었다.

어린 신유승은 보았을 것이다. 미래의 자신이 겪은 시간을.

그러니 의중을 묻는 것 자체가 가혹한 일이었다. 나는 아이의 머리를 쓰다듬어준 후, 마지막으로 재앙 신유승을 바라보았다.

그녀는 상처받은 야수처럼 일그러진 얼굴로 입을 열었다.

"날 살려준다고……? 웃기지 마. 너희가 뭔데?"

모든 것을 잃은 그녀에게는 이제 앙상한 자존심만 남아 있었다.

"내가 살았던 41회차는 이제 없어. 이 우주 어디에도, 그 어떤 세계선에도, 내가 기억하는 사람들은 없다고. 네가, 당신들이 뭘 알지? 어떻게 그 세월을, 그 시간을! 그걸 모두 잊고, 내가 어떻게……!"

이어지던 신유승의 말이 멎었다. 유중혁이 그녀를 보고 있었기 때문이다.

"……."

그 순간, 신유승은 자신이 한 말의 진짜 의미를 깨달았다.

세계를 잃고 사랑하는 사람들을 잃는 것.

그럼에도 그 세계에서 다시 한번 살아가야만 하는 일.

이 세상에 단 하나, 그녀의 슬픔을 이해하는 사람이 있었다.

"모든 회귀자는 '아직 일어나지 않은 일'을 증오하면서 살아가지."

회귀자 유중혁이 말하고 있었다.

"저 녀석은 '앞으로 나쁜 놈이 될 테니까' 죽이고. 저 녀석은 '앞으로 내 동료를 죽일 테니까' 죽이고. 그리고 어떤 녀석은

'앞으로 동료가 될 테니까' 목숨을 구해주고."

그 순간 유중혁의 눈에 떠오른 감정을 나는 읽을 수 있었다. 읽을 수 있었기에, 처음으로 유중혁이 낯설게 느껴졌다. 그토록 솔직한 유중혁을 본 적이 없었기 때문이다.

"아직 일어나지 않은 일인 걸 안다. 그들이 나를 기억하지 못하는 것도 알고, 아무 짓도 저지르지 않았다는 것도 안다. 하지만 나는 그렇게 믿고 행동한다. 그들이 그렇게 살아갈 거라고. 왜냐하면 내 안에서는 모두 '분명히 일어날 일'이고, 나는 그걸 부정하면 살아갈 수 없으니까."

신유승의 동공에 다시 분노가 차올랐다.

"그래! 당신이 그렇게 살아서 내가, 내 동료들이······!"

"그러니 너도 그렇게 살아라, 신유승."

"······뭐?"

"네가 원한다면, 나는 얼마든지 너의 '증오'가 되겠다."

유중혁의 그 말이 너무나 슬펐기에 나는 아무 말도 할 수 없었다.

"이 회차에서, 나를 죽이기 위해서 살아가라."

신유승은 입을 벌린 채 그런 유중혁을 한참이나 바라보았다.

세상의 증오를 견디는 데 누구보다 익숙한 사람. 다른 이들이 모르는 과거를 기억하는 저주로, 영원히 혼자여야 하는 존재.

회귀자.

천 년의 세월 동안 증오하던 사람을, 아이러니하게도 천 년을 살아온 대가로 이해하게 되었다. 뒤돌아 걸어가는 유중혁의 등을 향해 신유승이 외쳤다.

"대장…… 기다려. 대장!"

신유승의 마음속에 번져가는 파문을, 나는 고스란히 느낄 수 있었다.

「……정말, 그래도 된단 말인가?」

「그런 이유로, 내가 계속.」

「이 세계를, 포기하지 않아도…….」

어떤 분노는 사라지지 않고, 어떤 슬픔은 지워지지 않는다.

하지만 살아 있는 한 언젠가 구원받는 날은 온다.

나는 신유승을 향해 입을 열었다.

"신유승, 이제 이곳이 너의 새로운 '회차'야."

독자였기에 아무것도 바꿀 수 없었고, 독자이기에 이제 바꿀 수 있었다.

바꿀 수 있다고 생각했다.

중급 도깨비의 목소리가 들려오기 전까지는.

4

[죄송하지만, 그건 조금 곤란하겠군요.]

슬슬 녀석이 나올 타이밍이 되었다고 생각은 했다.

빌어먹을 중급 도깨비.

서울 돔 시나리오 전체를 관리하는 녀석이 이런 사태에 움직이지 않을 리가 없지.

하지만 나는 조금 자신이 있었다.

"왜 곤란하다는 거지? 우린 시나리오 규정을 어기지 않았어."

['재앙'을 살려두다뇨? 지금 제정신입니까? 죽고 싶으신가보군요.]

"죽긴, 그 반대야. 전부 다 살려고 이러는 거지."

내 말에 중급 도깨비의 목소리가 조금씩 딱딱해졌다.

[규정 위반이라는 건 알고 계십니까? 시나리오의 내용은

'재앙을 처치하는 것'입니다. 만약 당신들이 시나리오에 충실하지 않는다면……]

"그건 걱정 마. 재앙은 죽일 거야."

내 말에 일행들이 동시에 나를 바라보았다.

"아저씨, 지금 무슨……?"

특히 이지혜는 무슨 사이코패스라도 보는 듯한 눈으로 나를 보고 있었다.

이상한 일은 아니었다. 아까는 안 죽인다고 했다가, 이제는 죽인다고 하니 그렇게 보일 법도 하겠지.

대부분의 일행은 이어질 다음 말을 기다리고 있었다.

나는 그 기다림에 부응하듯 대답했다.

"단, 지금은 아니야."

[……?]

"시나리오엔 분명 '제한 시간 없음'이라고 명시되어 있을 텐데? 그러니까 재앙을 처치하는 시기는 우리 마음대로라는 얘기지."

중급 도깨비는 한 방 먹은 얼굴이었다.

"그러니까 너무 재촉하지 말라고."

재앙 신유승이 나를 멍한 얼굴로 올려다보았다. 설마 그런 발상이 가능할 줄은 몰랐다는 표정이었다.

[성좌, '하늘의 서기관'이 묘한 눈으로 당신을 바라봅니다.]

성좌들의 동요가 온몸으로 느껴졌다.

이런 식으로 시나리오에 반발하는 에피소드는 멸살법 전체를 뒤져보아도 많지 않으니 성좌들로서는 요긴한 볼거리일 것이다.

특히 지금처럼 선악善惡의 구분이 모호해 보이는 상황이라면 더욱 그렇다. 절대선이나 절대악 계통 성좌의 구독률은 압도적으로 올라갈 테지. 등장인물의 선악을 맘대로 분별하는 것이 놈들의 일상이니까.

[그렇게 둘 수는 없습니다.]

"또 시나리오에 간섭하려고? 지난번에 그랬다가 어떻게 됐는지 다 잊었어?"

[……]

내 자신감은 이 시나리오가 '서브 시나리오'가 아니라 '메인 시나리오'라는 데서 기인했다.

다섯 번째 시나리오처럼 메인 시나리오 규모가 돔 단위로 진행되면, 아무리 중급 도깨비라 해도 시나리오 조건을 변경하기 까다로워진다. 게다가 중급 도깨비 녀석은 이미 관리국에서 몇 가지 징계를 받은 상태.

녀석이 관할 시나리오의 징계를 두려워한다는 점을 감안하면, 아주 승산이 없는 싸움은 아니었다.

나는 근처에서 손톱을 뜯고 있는 비형을 보았다.

'준비해. 만약의 사태가 벌어지면 믿을 건 너뿐이니까.'

—빌어먹을, 내가 왜?

'죽어도 같이 죽는 거니까 잊지 마라.'

비형이 울상을 지을 찰나, 중급 도깨비가 입을 열었다.

[역시 재미있군요. 하지만 당신 생각대로는 안 될 겁니다.]

그래, 호락호락하게 넘어가지 않을 줄은 알았다.

[서울 돔의 화신 모두가 당신과 같은 생각은 아닐 테니까요.]

그 말과 동시에 중급 도깨비가 손가락을 튕겼다.

[새로운 '서브 시나리오'가 도착했습니다.]

무슨 생각인지 알 것 같았다.

'메인 시나리오'를 건드릴 수 없다면, 자신이 설정할 수 있는 '서브 시나리오'로 승부를 볼 셈이겠지.

[지금부터 '재앙'에 걸린 현상금을 두 배로 올리겠습니다.]

본래 보상 코인이 10만 코인이었으니, 두 배면 20만 코인이다. 단숨에 서울 돔의 톱 랭커에 올라설 수 있는 액수. 저 정도면 목숨을 걸고 덤빌 법도 한데…… 웬일인지 달려드는 화신은 없었다.

"다들 함부로 움직이지 마라."

"목숨을 소중히 하라. 부나방처럼 죽어가고 싶지 않으면!"

세력을 가진 왕들이 화신을 통제하고 있었다. 미희왕 민지원과 미륵왕 차상경. 거기다 중립의 왕 전일도까지.

[성좌, '해상전신'이 한반도의 화신을 자랑스럽게 여깁니다.]

물론 왕이 통제할 수 없는 세력도 있었다. 그러나 그들 또한 목숨이 아깝기는 매한가지. 이미 '재앙'의 힘을 보았으니, 10만 코인이든 20만 코인이든 소수 인원으로는 당연히 덤빌 수 없었다. 거기다 우리 일행까지 '재앙 신유승'을 감싸는 형국이니…….

[……실망이군요. 서울 돔의 화신 여러분이 이렇게 겁쟁이일 줄이야.]

상공에서 불길한 공기가 떠돌았다. 중급 도깨비는 어떻게 하면 이 상황을 더 최악으로 끌어갈 수 있을지 생각 중일 것이다.

나는 재빠르게 첨언했다. 이쯤에서 승부를 봐야만 한다.

"네가 양보하지 그래? 솔직히 이만하면 다들 만족했을 거 아냐?"

[……다들 만족했다?]

나는 그 이상 말하지 않았다. 말하지 않아도 중급 도깨비는 이미 이해했을 테니까.

[하하, 그렇군요. 거기까지 생각하고 있었습니까? 과연 독각에게 들은 대로 연출의 대가답군요.]

도깨비의 존재 이유는 시나리오에 있다. 많은 성좌가 호응하고 좋아할 시나리오를 만드는 것. 그리고 스타 스트림의 세계에서 시나리오의 방향이 틀어지는 기적은 오직 한 경우에만 발생한다.

바로 그 시나리오를 보는 성좌 대다수가 방향이 바뀌기를 원하는 경우다.

[확실히, 폭력만이 자극의 전부는 아니죠.]

재앙 신유승을 구하며, 나는 성좌들의 환심을 사려 노력했다. 가능한 한 필터링을 피해갈 수 있을 법한 단어를 골라 사용했고, 성좌들에게 어느 정도의 정보 노출을 각오하며 발화를 거듭했다.

나는 그들이 재앙 신유승을 동정하게 만들었고, 내 반항을 응원하게 만들었으며, 결과적으로 이 모든 상황에 탄식하게 만들었다.

실제로 내 귀에는 작전에 걸려든 성좌들의 메시지가 실시간으로 들려오고 있었다.

[성좌, '대머리 의병장'이 당신의 뜻을 존중합니다.]
[성좌, '황산벌의 마지막 영웅'이 당신의 의지에 감탄합니다.]

"알았으면 이제 슬슬 결정하지 그래? 보상을 주든가 다섯 번째 시나리오를 계속하든가 하자고."

다섯 번째 시나리오가 계속되더라도 여섯 번째 시나리오를 이어가는 데는 별다른 문제가 없다. 메인 시나리오는 중복 실행이 가능하니까.

중급 도깨비 녀석도 생각이 있다면 성좌들이 만족한 이쯤에서 그만두겠지.

[화신 김독자. 당신은 내가 아는 화신 가운데 가장 영리하고 무서운 인물입니다.]

점차 풀어지는 중급 도깨비의 표정을 보며 나는 기이한 위화감을 느꼈다.

[하지만 이번만큼은 그 영리함이 당신 발목을 붙잡겠군요.]

"무슨 뜻이지?"

이어진 중급 도깨비의 말은 나를 향한 것이 아니었다.

[……알았습니다, 성좌님들. 슬슬 기다리시던 이야기를 보여드리지요.]

파츠츠츠츳!

허공에서 스파크가 튀었다. 중급 도깨비가 시나리오를 움직이고 있었다.

[중급 도깨비가 시나리오에 개입합니다.]

[시나리오 계약에 따라 '범람의 재앙 신유승'의 통제권이 중급 도깨비에게 이양됩니다.]

재앙 신유승의 안색이 변하기 시작했다.

"아, 안 돼. 잠깐만. 나는…… 아아아악!"

재앙 신유승의 몸에서 검은 아우라가 솟아났다.

나는 다급히 외쳤다.

"잠깐만! 지금 무슨 짓을……!"

[계약을 이행하십시오. 시나리오의 톱니바퀴여.]

그제야 나는 놈이 무슨 짓을 하려는지 깨달았다.

시나리오 강제 집행권.

시나리오에 포함된 모든 '부속'의 운명을 가누는 힘.

[등장인물의 성격이 강제로 변화합니다.]
[등장인물 '신유승'의 성향이 '악惡'으로 고정됩니다.]

육체를 빼앗긴 재앙 신유승은 괴물이 되어갔다.

나는 입술을 깨물었다. 시나리오 강제 집행권은 도깨비의 개연성 소모가 엄청나기 때문에 일반적으로는 사용되지 않는다.

그런데 이게 사용되었다는 것은…….

[다수의 성좌가 시나리오의 전개에 환호합니다.]
[상당수의 성좌가 당신의 신파를 싫어합니다.]

많은 성좌가 이 전개의 개연성에 동의했다는 의미였다.

빌어먹을, 대체 왜?

"독자 씨?"

"형!"

긴장한 일행들이 내 쪽으로 다가왔다. 뭔가 잘못되었음을 그들도 깨달은 것이다. 하지만 나는 이해할 수 없었다.

어째서 성좌들이 갑자기 등을 돌린 거지?

허공을 보니 비형의 표정이 어두웠다.

—미안, 설득했는데 잘 안 됐어.

'대체…….'

―예상보다 네 평판이 너무 나빠.

중급 도깨비가 말했다.

[오만한 화신이여. 성좌들이 그렇게 쉽게 넘어갈 줄 알았습니까?]

하지만 간접 메시지는 모두 호의적이었는데?

[하긴 인간은 원래 자기가 믿고 싶은 대로 믿으려는 습성이 있죠.]

연이어 떠오르는 간접 메시지를 보며 나의 오판을 절감했다.

[다수의 성좌가 당신의 결정을 비웃습니다.]

[몇몇 성좌가 당신에 대한 지지를 철회합니다.]

그렇다. 모든 성좌가 간접 메시지를 보내지는 않는다.

메시지를 보내는 성좌는 극히 일부뿐.

[상당수의 성좌가 당신의 의도를 경계합니다.]

대다수의 여론이 내게 부정적인 것은 당연한 일인지도 모른다. 나는 알량한 기만으로 그들을 속였고, 이벤트를 취소했다. 비형 채널의 정원이 처음부터 9,999였다는 것은 눈치 빠른 성좌라면 이미 알고 있었으리라.

알면서도 내 시나리오를 보기 위해 속아준 것이다.

그러나 더는 속아주지 않을 것이다.

[한반도의 성좌들이 당신을 안타깝게 바라봅니다.]

[성좌, '긴고아의 죄수'가 당신을 측은하게 바라봅니다.]

어쩌면 나는 성좌라는 존재를 너무 얕봤는지도 모르겠다.

[당신 운은 여기까지인 것 같군요, 화신 김독자.]

"아아아아아—!"

강제로 악인화가 진행된 신유승의 몸에서 불온한 아우라가 흘러나왔다. 닿기만 해도 살점이 녹아버릴 듯한 살기. 화신들이 비명을 지르며 달아났다. 멀리서 유중혁이 진천패도를 뽑고 있었다.

[그럼 마지막까지 좋은 시나리오를 보여주길 바랍니다.]

나는 재앙에게서 천천히 물러났다. 슬프게 일그러진 신유승의 얼굴.

……결국 이렇게 되는 건가.

재빨리 유중혁의 동태를 살폈다. 일이 이렇게 되었다면, 놈이 무슨 선택을 할지는 뻔하니까.

"잠깐만, 유중혁."

"네놈은 실패했다."

"아이는 건드리지 마."

나는 어린 신유승을 등 뒤로 숨기며 말을 이었다.

"만약 이 아이를 건드린다면, 널 절대로 용서하지 않을 거야."

눈을 가늘게 뜬 유중혁이 나를 노려보았다.

"……달리 방법이 없다."

방법…….

나는 피가 나도록 입술을 깨물었다.

"방법은 있어. 성좌들이 그토록 좋아하는 시나리오를 보여주면 되니까."

"무슨 소리냐?"

"재앙을 물리치면 돼."

유중혁의 표정이 굳어졌다.

"자살 행위다. 만용을 부릴 셈인가?"

나는 악마처럼 변해 주변의 모든 것을 휩쓸어대는 재앙 신 유승을 보았다.

이렇게 되길 원하지 않았다.

이런 결말을, 결코 원한 것이 아니었다.

그럼에도 이 빌어먹을 세계에서는 시나리오에 저항하는 것조차 하나의 시나리오가 된다.

[상당수의 성좌가 당신의 발언에 흥분합니다.]

[상당수의 성좌가 통쾌한 난투극을 원합니다.]

그래, 너희가 이것을 보고 싶다면.

"원호해라, 유중혁. 내가 재앙을 막겠다."

얼마든지 연기해주마.

"김독자, 너는…….."

"할 수 있어."

서서히 눈을 깜빡이자 미뤄둔 선택지가 눈앞에 떠올랐다.

[당신은 '1인칭 조연 시점'을 경험했습니다.]
[당신이 몰입했던 조연의 스킬 중 하나를 물려받을 수 있습니다.]
[획득할 수 있는 스킬 선택지를 제시합니다.]
[획득할 스킬을 선택하십시오.]

목록을 확인한 나는 망설임 없이 선택지를 골랐다.
"3번. [야수왕의 감수성]을 선택하겠다."

[전용 스킬, '야수왕의 감수성'을 획득했습니다!]

기다렸다는 듯이 재앙 신유승의 손에서 에테르의 폭풍이
몰아쳤다. 내 배에 구멍을 뚫고, 유중혁조차 전투불능으로 만
든 그 폭풍.

쿠콰콰콰콰콰!

나는 일행을 보호하며 전면에서 폭풍을 받아냈다.

[전용 스킬, '야수왕의 감수성 Lv.3'이 발동 중입니다.]

새하얀 털 망토. 한없이 부드러우면서도 강인한, 비스트 로
드 신유승의 전용 스킬. 마력이 절반 이상 빨려나가며 일순 현
기증이 일었지만, 신유승의 공격을 고스란히 받아내는 데 성

공했다. 강대한 폭풍 앞에서도 [야수왕의 감수성]은 조금도 품위를 잃지 않았다.

유중혁이 인상을 찌푸렸다.

"……스킬을 훔쳤군. 하지만 그것 하나로는 무리다."

"알아."

나는 재앙 신유승을 바라보았다. 악인화가 진행되어 육체 통제력을 잃었음에도 눈에는 감정이 남아 있었다. 그녀는 말하고 있었다.

「……**괜찮아. 나를 죽여줘.**」

누가 그 눈을 보며 검을 휘두를 수 있을까.

천 년의 세월을 헤매고 또 고통받은 존재.

나는 이제 그녀를 베어야 했다.

이것이, 이야기를 바꾸는 데 실패한 대가…….

나는 처음으로 멸살법이 '현실'이 되었다는 사실이 원망스러워졌다.

"두 눈 똑똑히 뜨고 지켜봐라."

나는 하늘을 올려다보며 말했다.

"이게 너희가 원한 시나리오니까."

[전용 스킬, '책갈피'를 발동합니다!]

신유승의 마지막 페이즈가 열린 이상, 이 싸움은 질 수 없는 싸움이었다.

그렇기에 결국 누구도 이길 수 없는 싸움이었다.

['인물 책갈피'가 활성화됩니다.]

[사용 가능한 책갈피 슬롯: 4개]

[활성화 가능한 책갈피의 목록을 불러옵니다.]

"1번 슬롯에 '망상악귀 김남운'을 해제하고 '멸악의 심판자 정희원'을 넣겠다."

5

[책갈피 스킬의 레벨에 비례해 활성화 시간이 결정됩니다.]

[활성화 시간: 30분]

[등장인물에 대한 이해도가 상당합니다. 해당 인물의 스킬 중 일부를 선택해 가져올 수 있습니다.]

신유승이 나를 향해 달려왔고, 나 역시 그녀를 향해 마주 달려갔다.

누구도 상대를 죽이고 싶지 않았고, 어디에도 진심은 없었다.

오로지 성좌의 유희를 위한 싸움.

모든 것은 '시나리오'이고, 그러므로 모든 것이 가짜인 무대였다.

그러나 이 전투의 결과로 누군가는 죽을 것이었다.

['심판의 시간 Lv.5'가 활성화됩니다.]

활성화된 스킬 레벨은 5.
정희원이 열심히 수련을 하기는 한 모양이었다.
본인이 오는 것보다는 못하겠지만, 그래도 나쁘지 않았다.

[성좌, '하늘의 서기관'이 당황합니다.]
[절대선 계통의 성좌들이 당신의 스킬에 침음합니다.]

당황할 법도 했다. '심판자'로서 허락받지 않은 이가 스킬을
사용하니 놀랄 수밖에.
하지만 그들은 나를 허락할 수밖에 없다.
지금 내 눈앞에 있는 존재는 명백한 '악인'이니까.

[절대선 계통의 성좌들이 해당 스킬 사용에 동의합니다.]

몸속 깊은 곳에서 뜨거운 기운이 용솟음쳤다. 세상의 악을
모조리 토벌하고 말겠다는 맹목적인 정의감. 대악마와 성전을
벌인 대천사의 역사가 머릿속을 파편처럼 스쳤다.

「악을 징벌하라.」

[심판의 시간]은 본래 성전의 발키리가 사용하던 스킬이다.

고로 이 스킬의 사용자는 대천사의 가호를 받는다.

편협한 정의를 위해 다른 모든 것을 배제하는 광기가 뇌수 깊숙한 곳에서 꿈틀거렸다. 정희원은 매번 이런 기분을 느끼며 나를 위해 다른 존재를 벤 것이다. 끔찍한 일이었다.

기이이잉!

'신념의 칼날'에서 이전과는 비교도 할 수 없을 마력파가 터져나왔다. 공진하는 에테르의 칼날이 그대로 신유승을 향해 직선을 내리그었다.

놀란 신유승의 어깨에서 피가 터져나왔다. 유령 함대의 포격에도 끄떡없던 [야수왕의 감수성]이 드디어 찢어졌다. 떨어진 핏방울이 새하얀 털 곳곳에 번졌다.

[심판의 시간].

적이 '악인'인 한, 이 스킬의 사용자는 패배하지 않는다.

지금 나의 모든 능력치는 정확히 '재앙 신유승'에 대항할 수 있게 상승해 있었다. 괜히 [심판의 시간]을 사기라고 부르는 게 아니다. 이런 말도 안 되는 능력치 버프를 제공하는 스킬은 멸살법 전체를 뒤져봐도 얼마 되지 않는다.

"모두 공격하세요!"

내가 강해졌다 해도 전체적인 스킬 숙련치는 여전히 신유승이 앞선 상태. 도움이 필요했다.

"일반 공격 패턴일 때는 원거리 공격으로 지원하고, 전체 공격 패턴일 때는 제 뒤로 빠지세요!"

굳어 있던 일행들이 고개를 끄덕이며 합류했다.

"원거리 지원이 불가능한 분들은 [몬스터 게이트]에서 넘어오는 괴수를 처치해주세요! 그쪽도 시급합니다."

[몬스터 게이트] 때문에 용산구는 궤멸 직전으로 치닫고 있었다.

"모두 칼을 들어라!"

왕들의 선전포고와 함께 본격적인 전투가 시작되었다.

인근 화신들이 [몬스터 게이트]를 막아섰다. 대부분 7급 이상 괴수라 상당히 버거워 보였지만, 다행히 크게 밀리지는 않는 듯했다.

"저는 저 원숭이를 맡겠습니다."

두꺼운 슈트를 쾅쾅 두들긴 이현성이 5급 괴수종 헤비메탈콩을 향해 달려갔다.

"저랑 유승이는 '킹'을 맡을게요."

이길영이 그 와중에 신유승을 챙기며 움직였다.

신유승이 조종하는 퀸 미르바드가 포효했고, 이길영이 불러온 몇몇 충왕종이 킹 매스우드를 향해 함께 달려들었다. 두 어룡의 냉기 숨결이 서로 쏟아지는 와중에, 이지혜도 앞으로 나섰다.

"지원 사격은 나한테 맡겨."

"제가 재앙의 움직임을 봉쇄할게요."

이지혜는 함포사격으로, 유상아는 [아라크네의 거미줄]로

트랩을 만들어 재앙 신유승의 동선을 견제했다. 물론 그야말로 미미한 수준의 도움일 뿐이었다. 포격은 거의 대미지를 주지 못했고, 거미줄은 신유승의 에테르에 금방 찢겼으니까. 하지만 없는 것보다는 나았다.

"유중혁. 싸울 수 있겠냐?"

나를 제외하고, 신유승의 움직임을 쫓아가는 동시에 공격도 어느 정도 견뎌낼 수 있는 사람은 유중혁뿐이었다.

"……네놈 걱정이나 해라."

바닥에 핏물을 뱉은 유중혁이 진천패도를 갖추어 든 채 내 곁에 섰다. 이미 [기사회생]을 사용했는지 상태가 아까보다 나아 보였다. 후폭풍이 강한 [기사회생]을 썼으니, 이제 녀석에게도 남은 시간이 얼마 안 될 것이다.

"몇 분이냐?"

"삼십 분. 네놈은?"

"나도 그래."

책갈피의 사용 가능 시간도 삼십 분이 고작이다.

그러니 반드시 삼십 분 안에 승부를 봐야 한다.

고오오오오.

재앙 신유승의 몸에서 흘러나오는 검은색 아우라가 점점 더 짙어졌다. 악인화로 인해 계속해서 육체 능력이 올라가고 있다는 뜻이었다.

유중혁의 표정이 굳어졌다.

"……세계선을 넘기 위해 악마와 손을 잡은 모양이군."

유중혁의 추측은 맞았다. 실제로 지금 신유승의 영혼은 악마에게 저당 잡혀 있으니까. 그리고 그 악마는 빌어먹을 도깨비들에게 그녀를 넘겼다.

[하하하, 재밌군요. 정말 재밌습니다.]

유쾌해하는 중급 도깨비의 목소리.

[이제야 좀 시나리오답군요.]

피가 튀고, 살점이 으스러지는 전장. 그토록 막고 싶던 서울 돔의 멸망이 매초 가까워지고 있었다.

[상당수의 성좌가 박진감 넘치는 전투에 열광합니다.]

"가자."

그 말과 함께, 유중혁의 몸이 쾌속하게 쏘아져나갔다.

쿠콰콰콰콰!

움직이기 무섭게 볼을 부풀린 재앙 신유승이 우리를 향해 숨을 뿜었다.

[야수왕의 숨결].

5급 해수종의 [냉기 숨결]과는 비교도 안 되는 파괴력의 에테르 폭풍이었다.

"피해!"

[주작신보]를 극한까지 발동한 유중혁이 재앙 신유승의 공격을 피했고, 나는 유중혁이 미처 피하지 못한 공격을 [야수왕의 감수성]으로 대신 막아냈다. 그렇게 하나씩 합을 맞추는

동안 나는 유중혁의 전투 센스에 순수하게 감탄했다.

재앙도 재앙이지만, 유중혁도 괴물이었다.

[심판의 시간] 버프도 없이 저 재앙에 대항할 수 있는 것은 오직 저 유중혁뿐이었다. 강하고, 냉철하고, 무자비한 회귀자. 지금만큼은 녀석이 내 편이라는 사실에 안도하지 않을 수 없다.

"제대로 해라, 김독자!"

"하고 있어!"

"빌어먹을……."

접근해서 일격을 먹이기만 하면 되는데, 그게 쉽지가 않았다.

몇 번의 공격이 성공한 후에 신유승의 패턴은 더욱 난폭해졌다.

폭주 상태에 들어선 신유승은 마력이 고갈되는 것도 개의치 않고 에테르의 폭풍을 날려댔고, 나는 시도 때도 없이 [야수왕의 감수성]을 발동해 그 공격을 막아내야 했다. 사실 그것만으로도 버거웠다.

중간중간 유중혁이 일격을 먹였지만 대미지는 거의 누적되지 않았다.

얼마나 공방을 주고받았을까.

정신을 차렸을 때는 벌써 이십 분이 훌쩍 넘어 있었다.

유중혁의 체력은 급격하게 떨어졌고, 틈틈이 주스처럼 들이켜던 마력 회복 물약도 어느새 바닥을 보였다.

강하다. [심판의 시간]을 발동하고도 이렇게 고전할 줄이야.

스킬로 무리하게 도핑된 신체가 삐걱거렸다.

[심판의 시간]의 부작용이 조금씩 찾아왔다.

[하하하! 정말 멋진 시나리오입니다. 성좌님들, 그렇지 않습니까?]

멋대로 지껄이는 중급 도깨비의 목소리를 들으며, 나는 젖 먹던 힘까지 다해 앞으로 나아갔다. [야수왕의 감수성]이 만든 털들이 미친 듯이 펄럭였다. 에테르의 폭풍에 피부가 까맣게 익어갔다.

한 발짝, 두 발짝.

거리는 가까워졌지만 시간은 우리 편이 아니었다.

이대로라면 삼십 분이 지나기 전에 충분한 대미지를 줄 수 없다.

파츠츠츳!

재앙 신유승의 몸에서 이변이 일어난 것은 그때였다. 전신에 전격이 일더니 검게 물들었던 눈빛이 일시적으로 돌아오고 있었다.

「나를 공격해.」

재앙 신유승이 자기 의지로 몸을 통제하고 있었다.

「나를 막아.」

말하지 않았지만 들리는 목소리.

「당신의 '회차'를 지켜.」

일시적으로 약해진 에테르의 폭풍을 뚫고, 나는 유중혁과 함께 달려나갔다. 검을 휘두르자 신유승의 몸에서 피가 튀었다.

[성좌, '하늘의 서기관'이 당신을 바라봅니다.]

우리가 벌이는 최악의 연기를 들키지 않기 위해 나는 최선을 다했다.

[성좌, '긴고아의 죄수'가 당신을 바라봅니다.]

칼날에 베인 신유승이 비명을 질렀고, 폭풍에 맞은 유중혁이 하늘을 날았다.
"……가라, 김독자."
그리고 유중혁이 만들어준 빈틈을 내가 파고들었다.
푸우욱!
망설임 없이 파고든 '신념의 칼날'이, 정확히 신유승의 왼쪽 어깨에 박혔다. 깊게 박힌 칼날에서 마력이 폭주했다. [야수왕의 감수성]이 찢어지면서 신유승의 왼팔이 잘려나갔다.
선혈이 후두둑 떨어졌다.
나는 신유승의 얼굴을 바라보았다.
멸살법에 나온 문장처럼, 신유승은 웃고 있었다. 일부러 내

칼을 맞았음을 깨달았다.

[다수의 성좌가 당신의 전투에서 눈을 떼지 못합니다.]

"빌어먹을……."
힘없이 웃는 순간, 검을 쥔 손에 힘이 빠졌다.
그러자 신유승이 웃었다.

「거지 같지?」

비명도 분노도 없이, 나를 바닥에 내동댕이쳤다. 하지만 아
프지 않았다. 아프라고 한 공격이 아니었다.

「그래도 당신은 계속하려는 거지?」

"그래."
나는 신유승을 향해 검을 휘둘렀고, 신유승은 나를 향해 숨
결을 뱉었다.
하나의 질문에 하나의 대답이 오가듯이.
우리는 서로 미친 듯이 상처를 입혔다.
"네가 그랬던 것처럼."
슬슬 마력이 떨어져서 내 [야수왕의 감수성]이 효력을 잃어
가고 있었다. [심판의 시간]이 한계까지 강화한 육체가 잠시

나마 버팀목이 되어주었다. 울컥거리며 피가 흘렀고, 세상이 어지럽게 돌았다. 그래도 나는 멈추지 않았다. 확실하게 타격은 누적되고 있었다.

[당신을 꺼리던 일부 성좌가 당신에게 호기심을 보입니다.]

열광해라.

[전장을 누비는 성좌들이 당신의 패기에 주목합니다.]

그리고 실컷 떠들어라.

[대전장의 성좌들이 당신의 의지에 찬사를 보냅니다.]

언젠가 내가, 네놈들의 혀를 뽑으러 갈 때까지.
그렇게 얼마나 더 공방을 주고받았을까. 나는 녹진해진 육체를 비틀거리며 몇 발자국 물러섰다.

['책갈피'의 지속 시간이 30초 남았습니다.]

터진 장기가 찢어질 듯 아팠고, 부러진 늑골이 끊임없이 폐를 찔렀다.
할 수 있는 최선은 다했다. 하지만 여전히 재앙은 건재했다.

쿠구구구구.

잠깐이나마 돌아왔던 재앙 신유승의 눈동자가 다시 새카맣게 물들었다. 아무래도 이번 '범람의 재앙'은 원작보다 더 강한 것 같았다. 재앙 신유승이 걱정스러운 눈으로 나를 보았다.

「당신으로는 부족해.」

그녀는 자살할 수 없다. 그런 식으로 죽는 것을 중급 도깨비가 허락할 리 없으니까. 스스로 페널티를 거는 것도 여기까지가 한계였다. 나 또한 다른 의미로 한계였다.

「나를 어떻게 막을 거야?」

"걱정 마. 이제 올 거야. 너를 막을 사람이."

처음부터 내 손으로 신유승을 죽일 생각은 없었다. 유중혁도 지금 상태로는 불가능하다. 하지만 그녀를 죽일 수 있는 사람은 아직 하나 남았다.

신유승의 입이 떨어지려는 순간, 주변 바닥이 폭발하며 폭음이 울려 퍼졌다.

쾅! 콰앙! 콰아앙!

멀리서 울려 퍼진 포성. 북쪽에서 하늘색 수감복을 입은 여인들이 나타났다. 괴수들의 길을 가르며 일련의 군대가 이쪽을 향해 진군하고 있었다. 그 중심에 서서 군을 통솔하는 가면의 여인.

방랑자들의 왕.

대체 어딜 갔나 싶더니, 북쪽에서 내려오면서 괴수들을 정리한 모양이었다. 하지만 기다린 것은 그들이 아니었다.

나는 군대 선두에서 이쪽으로 달려오는 한 사람을 마주 보았다.

차분히 머리를 틀어 올린 한 여자가 이쪽을 향해 말했다.

"미안해요, 너무 늦었죠?"

"조금 늦으셨군요."

"능청은. 아직 살 만한가 봐요?"

열흘 만에 본 정희원은 내가 알던 모습보다 훨씬 절제된 기운을 품고 있었다. 그녀가 가볍게 내 어깨를 두드리고는 앞으로 나섰다.

"이제 나한테 맡기고 잠시 쉬어요."

붉은 아우라가 용솟음치며 정희원의 전신에서 [심판의 시간]이 피어올랐다. 내가 훔친 스킬보다도 훨씬 강맹한 기세였다.

'멸악의 심판자' 정희원은 내가 가진 마지막 카드였다. 만약에 실패한다면…….

나는 신유승에게 충분히 대미지를 주었을까?

정희원은 마무리를 잘 해낼 수 있을까?

"뭘 그렇게 걱정해요?"

평소와는 다른 자신감이 정희원의 목소리에 묻어 있었다.

단순히 [심판의 시간] 말고도 믿는 것이 있는 눈치.

[성좌, '하늘의 서기관'이 침음합니다.]
[성좌, '심연의 흑염룡'이 정희원의 배후성에게 적의를 드러냅니다.]

그러고 보니 정희원도 [배후 선택]을 했겠구나.
과연 누구를 택했을까?
신유승이 흔들리는 눈으로 정희원을 보았다.

「당신은…….」

"대충 상황은 알겠어. 오는 길에 내 배후성이 열심히 떠들었거든."
정희원이 슬픈 눈으로 신유승을 마주 보았다.
"그러니까, 걱정하지 마."
말을 마친 정희원이 자신의 칼날을 가볍게 쓸었다. 손이 닿은 곳에서 천천히 불길이 일어나기 시작했다.
고오오오.
깊은 새벽. 서울의 어둠이 가장 짙게 내려앉은 밤, 그 위로 정희원의 칼날이 고고하게 타올랐다. 칼날이 머금은 불꽃은 지금껏 본 어떤 불꽃보다 선명하고 눈부셨다.
모든 악을 징벌할 새하얀 성흔의 불꽃.
나는 그 성흔을 아주 잘 알았다. 언젠가 멸살법에서 그 성흔의 묘사를 본 기억이 있기 때문에. 경우에 따라서는 제천대성의 성흔과도 비견될 만큼 막강한 파괴력을 자랑하는, 멸살법의 최상급 성흔 중 하나.

[지옥염화地獄炎火].

그것은 성좌 '악마 같은 불의 심판자'의 성흔이다.

나를 돌아본 정희원이 차게 웃었다.
"내가 이 빌어먹을 시나리오를 끝내줄게요."
대천사 우리엘이 자신의 화신으로 정희원을 선택했다.

6

정희원은 달렸다.

[심판의 시간]이 근력을 한계까지 끌어올렸고, [귀살]의 버프가 칼날 끝에 날카로운 예기를 부여했다. 우리엘의 [지옥염화]는 그녀의 마력을 가장 파괴적인 형태로 형상화했다.

타오르는 심판의 불꽃.

심판을 받아야 할 이는 신유승이 아니었다.

그럼에도 그 불꽃을 받을 이는 신유승뿐이었다.

[성좌, '악마 같은 불의 심판자'가 슬픈 눈으로 전장을 응시합니다.]

정희원의 칼날이 먼저 개전을 선포했다.

[등장인물 '정희원'이 성흔 '지옥염화 Lv.1'를 발동합니다!]

고작 1레벨의 성흔인데도 지옥염화는 신유승의 에테르 폭풍을 가볍게 불태우며 전진했다.

악마의 힘이 더해진 [야수왕의 숨결]이 쏟아져나왔지만, 정희원은 조금도 개의치 않았다. 오히려 힘껏 검을 움켜쥐고는 하늘과 땅을 잇는 하나의 선을 그었다.

콰콰콰콰콰!

해일처럼 밀려오던 [야수왕의 숨결]이 [지옥염화]와 만나는 순간 연기를 내뿜으며 통째로 갈라졌다. 누군가 중얼거렸다.

"맙소사, 저게 대체⋯⋯."

[지옥염화]는 최종 레벨에 도달한다면 한 행성의 바다를 증발시켜 길을 열 수도 있는 성흔. 원작에서 '메시아'가 등장했을 때도, 그를 예비해 가장 먼저 길을 연 이가 우리엘이었다.

모든 대악마가 두려워하는 대천사이자 악마에 가장 가까운 악마의 적.

불길을 달려 쇄도하는 정희원을 향해 신유승이 고개를 끄덕였다.

「그렇군. 우리엘인가. 당신이 기다린 건 이거였구나.」

무시무시한 대천사의 가호 앞에서도 '재앙'은 물러서지 않았다.

「결말을 맺기에 충분하겠어.」

아니, 오히려 홀가분한 표정이었다.

마침내 자신의 의무를 다하게 되었다는 듯이.

신유승의 주먹에 맺힌 에테르와 정희원의 칼날에 휘감긴 불꽃이 충돌했다. 신유승의 신형이 휘청했고 정희원은 빈틈을 놓치지 않고 밀어붙였다. 좋은 스킬이 중첩되었다 해도 결국 오버 스펙은 지속 시간이 짧다.

그 사실을 잘 아는 정희원은 쉴 틈 없이 공격을 계속했다.

화르르르륵!

주변 대지가 신성한 불길로 물들었다.

지쳤음에도 신유승은 오랫동안 버텼다.

노련한 배우가 생애 최후의 연기를 펼치듯, 자신이 살지 않은 회차를 위해 최선을 다해 죽어갔다.

[다수의 신규 성좌들이 당신의 설계에 흥분합니다.]

독각의 채널에서 넘어온 성좌들이 흥분하고 있었다.

[15,000코인을 후원받았습니다.]

언제 나를 싫어했느냐는 듯이 성좌들이 보낸 후원금이 고스란히 차올랐다.

애정도 증오도, 성좌들에게는 모두 한순간 유흥거리일 뿐.

불행하게도 그 찰나의 이야기가 인간에게는 곧 삶이었다.

[한반도의 성좌들이 당신을 안타까운 시선으로 바라봅니다.]

나를 관음하는 무수한 시선 속에서, 나는 홀로 이 시나리오의 결말을 조금씩 그려갔다.

[성좌, '은밀한 모략가'가 당신의 선택에 주목합니다.]

그사이 정희원의 난도질은 [야수왕의 감수성]을 넝마로 만들었고, [지옥염화]의 불길은 조금씩 신유승을 불태웠다. 정희원의 몸 곳곳에도 상처가 늘고 있었다. 박빙의 승부지만, 승기는 지쳐 있던 신유승의 편이 아니었다.

모든 방어를 도외시하고 달려간 정희원은, 에테르의 폭풍을 맞아가며 신유승의 배에 검을 꽂아 넣었다.

환하게 타오르는 불길이 신유승의 체내로 파고들었다. 파고든 불길은 신유승의 몸에 깃든 대악마의 기운을 모조리 불태웠다. 주변을 잠식하던 검은 아우라가 연기로 승화하고 있었다.

칼이 뽑힌 자리에서 피가 터져나왔다. 신유승은 무대 위 소품을 바라보듯 자신의 피를 내려다보며 무릎을 꿇었다.

마침내 결착이었다.

그녀의 곁으로, 쓰러진 킹 매스우드와 헤비메탈콩의 모습이 보였다.

[몬스터 게이트]가 닫히며, 괴수들과의 격전도 막바지로 흘러가고 있었다. 나는 주저앉은 신유승에게 다가갔다.

육신의 통제권이 돌아왔으나 이미 몸은 정상이 아니었다. 신유승이 자기 몸을 내려다보며 물었다.

「……난 이제 죽는 건가.」

본래 비스트 로드는 저 정도 상처로 죽지 않는다. [야수왕의 생명력]은 유중혁의 [기사회생] 못지않은 회복력을 자랑하니까.

하지만 불행하게도 [지옥염화]를 맞았다.

체내 깊숙이 박힌 지옥의 불길은, 악을 모두 꺼뜨린 것으로도 모자라 신유승의 생명력까지 태우는 중이었다. 악인의 모든 것을 태우기 전까지 결코 꺼지지 않는 불꽃.

[전용 스킬, '제4의 벽'이 흔들립니다.]
[지나친 몰입으로 인해 '전지적 독자 시점' 2단계가 상시 발동합니다.]

그 불이 체내에 붙었으니, 신유승은 결코 살아남지 못할 것이다.

신유승이 나를 보며 힘없이 웃었다.

"이 회차에 오게 되어서 다행이야. 대장 말을 듣길 잘했어."

「괴로워. 이렇게 사라지는 게.」

"이제 마음 놓고 죽을 수 있겠네. 이번에는 진짜로 뭔가 바뀔지도 모르겠어."

「죽기 싫어…….」

전지는 곧 저주다.

누군가의 마음을 안다는 것은 언제나 누군가를 기만한다는 뜻이니까.

신유승은 웃으며 허공을 올려다보았다. 표정이 굳은 중급 도깨비가 그곳에 있었다.

"나 이제 죽을 건데 약간의 신파는 괜찮지? 이 정도면 훌륭한 시나리오였잖아."

[몇몇 성좌가 고개를 끄덕입니다.]
[일부 성좌가 불만을 터뜨립니다.]

중급 도깨비는 말이 없었다.

하긴 지금 그걸 생각할 계제가 아니겠지.

시나리오는 완성되었다. 하지만 놈의 의도대로는 아니었다.

이제 놈은 그 의도의 대가를 치르게 되리라.

뒤를 돌아보자 어느새 유중혁이 다가와 있었다.

"가는 건가?"

"……아마도."

"나에 대한 증오가 부족했던 모양이군."

이 자식이 진짜 마지막까지…….

유중혁이 검을 뽑았다. 놈을 제지하려는 순간, 녀석의 진천 패도가 신유승의 머리 옆에 꽂혔다. 차가운 칼이 죽어가는 신유승의 머리를 받쳤다. 신유승이 말했다.

"끝까지 폼 잡기는. 나 곧 죽는다고, 대장."

태연한 신유승의 속삭임은 내 귀에는 이렇게 들렸다.

「당신에게 꼭 듣고 싶은 말이 있어.」

「한 번만.」

「꼭 한 번만, 들을 수 있다면 좋겠어.」

결코 전해질 수 없는 말.

그 말을 전혀 듣지 못하는 유중혁이 무심한 목소리로 말했다.

"물어볼 게 있다."

"뭔데?"

신유승의 얼굴에 어리는 기대감을 보며 나는 비참해진다.

저 기대가 결코 보답받을 수 없음을 아니까.

"네가 세계선을 넘도록 도와준 악마는 누구냐?"

그녀는 잠시 멍한 얼굴로 유중혁을 보더니, 희게 웃었다.

"……역시 대장은 마지막까지 대장이네."

「변하지 않아.」

"말해라."
"'지평선의 악마'라고 들어봤어?"

「그런 당신을 동경했어.」

"이름은 알고 있다."
"운이 나쁘면, 대장도 곧 만나게 될 거야. 하지만 절대로 싸우지는 마. 대장이 죽을 만큼 노력해도 그 녀석을 이기는 건 거의 불가능할 테니까……."

「오랫동안, 정말 오랫동안…….」

　신유승의 간절한 진심은 전해져야 할 곳까지는 도달하지 못하고, 내게서 멈췄다. 나는 말해주고 싶었다. 이 멍청한 유중혁, 바로 앞에서 들려오는 선명한 목소리를 조금도 듣지 못하는 유중혁에게.
　내가 입을 열려는 순간, 신유승이 나를 붙잡았다.
　그리고 유중혁이 말했다.
　"기억했다."
　그 말을 마지막으로 유중혁은 돌아섰다.
　유중혁의 속마음이 들려왔다.

「복수해주마.」

그 한마디에 담긴 비감에 나는 몸을 떨었다. 그리고 재앙 신유승을 내려다보았다.

그렇구나. 이 녀석은 이미 알고 있었구나.

들리지 않아도 이미 듣고 있었구나.

나는 처음으로 [전지적 독자 시점]이, 어쩌면 '전지'가 아닐 수도 있겠다고 생각했다.

「잘 있어, 대장.」

「고생했다.」

「뒤는 맡길게.」

「쉬어라.」

쓰다 만 편지처럼 길 잃은 문장만이 내 안에 남았고, 나는 가만히 그 말들의 짝을 하나씩 찾아주었다.

나는 이 이야기를 분명히 읽었다.

이윽고 신유승의 발끝이 부스러져 재로 흩날리기 시작했다.

「예쁘네…….」

어린 신유승이 어느새 곁으로 다가와 내 옷깃을 붙들었다. 사라져가는 미래의 자신을 보는 기분은 어떠할까. 아무리 많은 책을 읽어도 결코 닿을 수 없는 감정이 있다.

재앙 신유승이 그런 나와 어린 신유승을 보며 미소 지었다.

「……**부럽네.**」

재앙 신유승의 하반신이 거의 사라졌다. 소멸 속도가 점차 빨라지고 있었다.

[성좌, '악마 같은 불의 심판자'가 눈을 감습니다.]
[성좌, '긴고아의 죄수'가 탄식합니다.]

성좌들이 재앙 신유승을 지켜보는 가운데, 나는 천천히 무릎을 꿇고는 손을 붙잡았다. 뜻밖의 행동에 놀라 신유승이 나를 보았다. 나는 마지막 남은 마력으로 [야수왕의 감수성]을 발동했다. 떠날 그녀에게 전할 선물이 있었기 때문이다.

짧은 순간이지만 나와 재앙 신유승의 감각이 이어졌다. 같은 야수끼리만 공유할 수 있는 감수성.

지나가는 바람이 뭔가 속삭였다.

성좌도, 도깨비도 들을 수 없는 이야기.

죽어가던 재앙 신유승이 믿을 수 없다는 듯 눈을 떴다.

「……**진심이야? 정말로?**」

다행히 제대로 전달된 모양이었다. 이미 흉부 위쪽까지 잿더미가 되어버린 그녀는 이제 목소리가 나오지 않았다.

「어째서…….」

흔들리는 그 눈동자에 조금씩 눈물이 고였다. 무언가 내게 말을 전하려 했지만, 서늘하게 불어 온 바람이 그것을 막았다. 이어졌던 세계선이, 연결되었던 필름이 다시 끊어지고 있었다.

파스스스.

신유승을 이루던 조각들이 가루가 되어 흩어 없어졌다. 눈도, 코도, 입도. 목소리도. 그녀를 이루던 천 년의 시간이, 새하얀 재로 눈처럼 흩날렸다. 재는 꼬리를 물며 일제히 하늘로 사라졌다.

먼 여행이라도 하듯, 혹은 춤이라도 추듯. 허공을 떠도는 희미한 흔적을 우리는 한참이나 올려다보았다. 그게 현실이라는 게 믿기지 않는지 어린 신유승이 나를 붙들었다.

"정말로 죽은 거예요?"

나는 마음을 다잡았다.

"바꿀 수 없는 거예요? 정말로?"

그리고 고개를 끄덕였다.

"아, 아아. 아…….."

내 소매를 붙잡은 이길영이 거기에 눈을 닦았다. 유상아가 눈시울을 적셨고, 이유는 모르겠지만 이현성도 울고 있었다.

울지 않는 사람은 유중혁, 그리고 사태를 정확히 모르는 이지혜, 둘뿐이었다.

"……왜 다들 울고 그래? 나까지 서럽게."

이마가 차갑다 싶더니 흐릿해진 하늘에서 진눈깨비가 내리고 있었다.

눈도 비도 되지 못한 어떤 것.

그 차가운 감각이 사람들을 안심시켰다. 우습게도 인간이 가장 살아 있음을 느끼는 때는 바로 다른 것의 죽음을 확인했을 때다.

"아……."

긴장이 풀린 서울 돔 사람들이 주저앉았다.

웃거나 울거나 분노하는 사람들.

성좌들이 여기저기서 후원금을 쏘아댔다. 제각기 반응은 달랐지만 적어도 모두 동의하는 한 가지는 명백했다.

'범람의 재앙' 신유승은 죽었다.

하늘을 올려다보자 얼이 빠진 중급 도깨비가 그곳에 있었다. 묵묵히 그 광경을 지켜보던 비형이 입을 열었다.

[중급 도깨비. 시나리오 종료하시죠.]

[어떻게 이런…….]

[하지 않으시면 제가 끝내겠습니다.]

잠시 후 메시지가 들려왔다.

[메인 시나리오 #5 - '범람의 재앙'이 종료됐습니다!]

[보상 정산이 준비 중입니다.]

마침내 시나리오마저 그녀의 죽음을 선언했다.

미래의 신유승은 죽고 재앙은 끝났다.

이것이 바로 다섯 번째 시나리오의 결말이었다.

모두 그렇게 생각했고 그렇게 믿었다.

정확히 말하면, 나를 제외한 모두가 그렇게 믿어야 했다.

처음부터 끝까지 모든 것은 완벽한 연극이어야만 했다.

바꿀 수 없는 것이 바꿀 수 없는 것이라 선언하는 연극.

성좌들을 속이고 시나리오를 속일 처절한 비극.

그것이 41회차의 신유승이 빌어먹을 시나리오에서 탈출할 수 있는 유일한 길이었기 때문이다.

그 순간, 곁에 있던 신유승의 손이 불처럼 뜨거워졌다.

"죽일 거야……."

소녀의 눈이 허공의 중급 도깨비를 보고 있었다.

"저 도깨비, 내가 죽여버릴 거야."

달려가려는 신유승을 제지하려는 찰나, 허공에서 스파크가 튀었다.

하늘이 뭉개지며 포털Portal이 열리고 있었다. 그곳에서 하얀 도깨비 쌍둥이가 넘어왔다. 백색 갑주를 입은 두 도깨비를 발견하더니 주변의 하급 도깨비들이 일제히 물러섰다.

그럴 법도 했다. 저 둘은 모든 도깨비가 죽을 때까지 만나지 않기를 바라니까. 관리국. 그중에서도 시나리오 개연성을 담당하는 '집행부'의 도깨비. 무시무시한 기세를 풍기는 하얀 도깨비들이 중급 도깨비에게 다가가 바로 신병을 구속했다.

[……집행부. 이게 무슨 짓입니까?]

순식간에 영체를 제압당한 중급 도깨비를 향해 집행부의 도깨비가 말했다.

[중급 도깨비 '바울'. 너를 스타 스트림 규정 위반으로 긴급 구속한다.]

22
Episode

세 가지 약속

Omniscient Reader's Viewpoint

1

집행부의 긴급 구속.

멸살법에 따르면, 이 조치는 도깨비가 시나리오 개연성에 크게 위배되는 행동을 저질렀을 때만 시행된다.

[중급 도깨비 바울. 지금부터 네 신병은 집행부에 인도될 것이다. 관할 시나리오에 대해 묵비권을 행사할 수 있으며, 메인 시나리오에 관한 모든 진행권을 박탈당하게 된다.]

무기질적으로 이어지는 대사에, 중급 도깨비 바울의 표정이 시시각각 변해갔다.

[너는 지금까지 쌓아온 모든 시나리오의 공적치를 잃고 '하급 도깨비'로 강등될 것이며, 징벌의 죗값으로……]

[가, 강등? 잠깐만! 잠깐만 기다려주십시오!]

바울이 다급히 그 말을 제지했다. 그러고는 억울한 눈빛으로 나와 주변 도깨비들을 일별하더니 외쳤다.

[갑자기 '강등 조치'라니요? 제가 무슨 잘못을 했는지는 알려주셔야 하는 것 아닙니까?]

[정말 몰라서 묻는 거냐?]

집행부의 또 다른 도깨비가 물었다. 그 위엄에 바울은 잠시 주춤했지만 다시 목소리를 냈다.

[모르겠습니다. 대체 뭐가 문젭니까?]

심지어 뻔뻔하게 나가기로 한 모양이었다.

[성좌님들을 보십시오. 모두 즐거워하시지 않습니까? 저는 훌륭하게 시나리오를 끝냈다고 생각합니다만?]

자신만만한 말에, 집행부의 도깨비가 눈살을 찌푸렸다.

[개연성에 문제는 없습니다. 저는 성좌님들 동의를 얻어 시나리오 강제 집행에 들어갔고, 말씀드렸다시피 성좌님들도…….]

[이야기꾼 놈들은 이게 문제야. 그놈의 성좌, 성좌 타령.]

모든 도깨비가 성좌를 존중하는 것은 아니다.

집행부에는 한때 성좌였으나 피치 못할 사정으로 자신의 격을 잃고 도깨비가 된 존재도 여럿 있기 때문이다.

자신의 고객이 모욕당했다고 생각했는지 바울이 고개를 빳빳이 들었다.

[말씀이 지나치시군요.]

[까불지 마라, 바울.]

[아무리 집행자라 해도 제 고객에 대한 모욕은 참을 수 없습니다.]

기세를 탔다고 생각했는지 바울이 말을 계속했다.

[집행부에서 오신 이유는 짐작하고 있습니다. 제가 '시나리오 강제 집행권'을 사용했기 때문이겠죠.]

[강제 집행권은 성좌들이 시나리오의 개연성을 함께 감당해줄 때만 쓸 수 있다.]

[저도 압니다. 그러지 않으면 개연성 후폭풍의 위험이 있기 때문이지요. 하지만 성좌님들 만족도만 높다면 그 부분은……]

[만족도? 바울, 네놈 꼴을 보고 말해라.]

바울이 자기 몸을 내려다보았다.

파츠츠츠.

얼굴이 창백해진 바울이 고개를 들었다.

[이, 이건……?]

주변 공간에 일렁이는 푸른색 스파크. 개연성 후폭풍의 전조였다.

[어째서 개연성 후폭풍이……?]

개연성 후폭풍은 흐름을 거스른 데 대한 징벌. 지금 세계의 개연성은 바울의 존재를 지우기를 원하고 있었다. 집행자가 뾰족한 송곳니를 세우며 웃었다.

[시나리오 강제 집행은 도깨비의 권한 중 가장 큰 개연성을 요구하는 힘이다. 그런 권한을 조잡한 억지 전개에 사용하고도 무사할 줄 알았나?]

[이럴 리가, 이럴 리가 없어!]

[바울. 네놈은 집행권을 사용하지 않고 시나리오를 끝낼 기

회가 있었다. 그것도 이제껏 볼 수 없던 참신한 전개였지. 왜 그걸 막았지? 네놈의 만행으로 서울 돔 관리국에 비상이 떨어졌단 말이다.]

[그, 그건…… 아니, 잠깐만요. 저는 분명 성좌님들 의견에 따라 집행권을 발동했단 말입니다!]

다급해진 바울이 주변을 둘러보았다.

[서, 성좌님들! 아까 제 전개에 동의하시지 않았습니까?]

그러나 성좌들은 대답이 없었다.

[……성좌님들?]

그토록 많던 성좌들의 간접 메시지가, 그 순간만큼은 쥐죽은 듯 고요했다.

[이, 이럴 수가…… 대체 왜?]

녀석의 전개를 지지하던 성좌들이 모두 한반도 채널에서 떠난 것이다. 집행부가 눈살을 찌푸렸다.

[멍청한 놈이군. 성좌들이 사라진 줄도 몰랐나?]

놈을 선동하고 나를 죽이기 원했던 성좌들은 시나리오의 결말이 '신파'로 바뀌는 순간 한반도 채널에서 대거 이탈했다.

당연했다.

원하지 않는 전개가 등장했는데, 그걸 계속 보고 있으면 이상한 일이다. 실제로 비형의 채널 역시 삼분의 일 가까운 구독좌를 잃은 상황이었다. 그리고 남은 존재들은.

[성좌, '악마 같은 불의 심판자'가 중급 도깨비 '바울'을 노려봅니다.]

[성좌, '긴고아의 죄수'가 중급 도깨비 '바울'을 보며 킬킬 웃습니다.]

[성좌, '은밀한 모략가'가 중급 도깨비 '바울'을 조롱합니다.]

(…)

모두 중급 도깨비의 전개에 동의하지 않은 성좌였다.

[아, 안 돼. 이대로 소멸할 수는 없습니다. 집행자님들!]

[걱정 마라. 네놈은 소멸하지 않는다.]

[그, 그 말씀은……?]

잠깐이지만 바울의 표정에 희망의 빛이 스쳤다. 집행자 도깨비는 그 빛을 무참히 꺼버리듯 말을 이었다.

[너는 소멸보다 더한 형벌을 받을 것이다. 네놈 때문에 우리 관리국이 막대한 개연성의 빚을 떠안게 됐으니까.]

집행자 도깨비가 손짓하자 바울의 신병에 구속의 문자열이 떠올랐다. 뒤이어 코드를 조작하자 영체였던 도깨비 바울의 본체가 강제로 세계에 소환되었다. 중급 도깨비 바울이 벌벌 떨며 반항을 시작했다.

방송용 목소리를 잃은 녀석의 육성이 터져나왔다.

"이, 이건 음모입니다. 이렇게 될 리가 없어!"

녀석의 곁에 있던 비형이 이죽거리며 말했다.

[그러게, 시나리오를 빨리 끝내자고 하지 않았습니까.]

"비형!"

결국 바울이 폭발했다. 구속의 문자열을 붙든 채 허우적거리던 바울이 비형을 손가락질했다.

"집행자시여! 저놈도 체포하십시오. 저놈 채널이 스타 스트림의 규칙을 어겼다는 증거가 저한테 있습니다!"

[물론 함께 갈 것이다.]

그 말에 바울의 안색이 밝아졌다. 그러나 한국에서는 사람 말도 도깨비 말도 끝까지 들어봐야 아는 법이다.

[우리를 호출한 이가 바로 도깨비 비형이니까.]

"그게 무슨…… 설마?"

붉으락푸르락하는 바울을 향해, 비형이 짧게 손을 흔들어주었다. 집행자 도깨비가 묘한 미소를 지으며 말을 이었다.

[도깨비 비형. 아주 훌륭한 도깨비지. 거적 하나만 걸친 저 겸손함을 봐라. 사치를 도외시하고 시나리오에 몰두하는 저런 청렴함이야말로 이야기꾼의 효시이다. 도깨비 주제에 명품 정장이나 입는 네놈과는 아주 다르지.]

그 말에 비형이 쑥스러운 표정을 했다. 녀석도 몰랐겠지. 자신의 가난함이 이런 식으로 도움이 될 줄은.

"아, 아닙니다! 비형 저놈은 그런 녀석이……!"

[닥쳐라.]

구속 코드에 묶인 바울이 끔찍한 비명을 질렀다.

[네놈은 앞서 두 번이나 징계를 받았지. 이번이 세 번째다. 세 번째의 징벌이 무엇인지 네놈이라면 잘 알고 있겠지?]

"이건 말도 안 됩니다! 내 상관께서 가만 두고 보실 것 같습니까? 당신들 지금 실수하는 겁니다. 지금 나를 건드리면……."

[헛소리는 관리국에 가서 마저 듣도록 하지.]

허공에 빛나는 포털이 열렸다. 마침내 중급 도깨비 놈과도 작별의 때가 다가왔다.

아마 앞으로 시나리오에서 놈을 볼 날은 없겠지.

이글거리는 놈의 눈빛이 내 쪽을 쏘아보았다.

그 눈을 마주 본 순간, 내 안에서 불꽃이 타올랐다.

[감정의 고조로 인해 '제4의 벽'이 흔들립니다.]

재가 되어 흩날리던 미래의 신유승.

중급 도깨비만 아니었더라면 구원받을 수 있었을지도 모른다. 비록 그녀의 회차로는 영원히 돌아가지 못했겠지만, 이 세계를 새로운 회차로 삼아 변해갈 세계를 함께 맞이할 수 있었을지도 모른다.

하지만 저 중급 도깨비가 그 마지막 가능성조차 짓밟아버렸다.

지금 내가 입을 여는 것은 그 때문이다.

"잠깐만. 기다려."

놈은 죽음에 준하는 형벌을 받겠지만 나는 그 정도로는 만족할 수 없다.

[지금 우리를 불렀나?]

도깨비들은 놀란 표정이었다. 놀랄 만하겠지. 일개 화신이 집행부 도깨비를 멈춰 세울 줄은 몰랐을 테니까. 나를 가만히 들여다보던 집행자 도깨비가 입을 열었다.

[그런가. 네가 그 '김독자'라는 화신이로군. 그렇지?]

그러자 다른 도깨비가 물었다.

[아는 놈이냐?]

[최근 이 지역에서 유명한 화신이다. 반도 내에서 손꼽히는 강자인데, 아직까지 배후성 계약을 안 했다더군.]

[오호……?]

멋대로 떠드는 녀석들을 보며, 나는 곧장 '도깨비 통신'으로 비형에게 말을 걸었다.

'비형. 10만 코인을 주겠다.'

―뭐……?

집행자 도깨비를 따라가던 비형의 눈이 휘둥그레졌다.

'나를 도깨비 보따리 플래티넘 멤버로 승급시켜.'

―아니, 갑자기 왜?

'잔말 말고.'

―제기랄…….

다가오는 집행자들을 보며 나는 비형을 재촉했다. 한숨을 쉰 비형이 허공에 뭔가 조작하기 시작했다.

[100,000코인을 소모했습니다.]

[축하합니다! 당신은 '도깨비 보따리' 플래티넘 멤버가 됐습니다!]

본래는 화려한 축포와 함께 승급 이펙트가 있지만 비형에게 부탁해 전부 생략했다. 겨우 5,000코인으로 승급이 가능한

골드 멤버에 비하면 플래티넘 멤버부터는 대우 자체가 달라진다.

[그래, 화신 김독자. 왜 우릴 부른 거지?]

아직 내 승급 여부를 모르는 집행자가 물었다. 다른 도깨비와 달리 덩치가 산만 한 녀석들이라 마주한 것만으로 긴장되었다.

지금은 격을 잃고 심하게 퇴락했지만, 개중에는 본래 위인급 성좌이던 녀석도 있으니 무리는 아니었다.

나는 가볍게 숨을 내뱉으며 입을 열었다.

"'도깨비 독대獨對'를 요청한다."

[뭐?]

내 말에 당황한 집행자 도깨비들이 이내 피식 웃으며 마주보았다.

[독대는 플래티넘 이상 멤버만 요구할 수 있는…… 설마?]

"그 설마가 맞아. 확인해보든가."

두 도깨비가 다시 한번 서로 보았다. 시스템을 조작해 몇 가지 사항을 확인하더니 이내 감탄을 터뜨렸다.

[정말이군.]

[대체 어떻게 화신이 플래티넘 멤버로……?]

"이제 자격은 충분하지?"

잠시 망설이던 집행자 도깨비가 고개를 끄덕였다.

[그렇군. 어떤 도깨비와 독대를 원하는가? 플래티넘 멤버는 준상급 도깨비까지 독대가 가능하며, 약속 일정은…….]

"잡을 필요 없어. 내가 원하는 녀석은 지금 너희가 데리고 있으니까."

나는 손가락으로 그 도깨비를 가리켰다.

"중급 도깨비 '바울'과의 독대를 원한다."

2

집행부 도깨비들이 또 서로 마주 보았다.

[설마…….]

눈치 빠른 집행자들은 뭔가 알아챈 모양이었다. 멀찍이 떨어진 바울이 어리둥절한 눈으로 이쪽을 보고 있었다. 잠시 망설이던 집행자들은 이내 알 수 없는 미소를 짓더니 입을 열었다.

[죄수 도깨비 '바울'과의 독대를 허락한다.]

[자유 독대 시간은 이십 분이다.]

재미난 볼거리가 생겼다는 얼굴. 그럴 줄 알았다. 본래 집행부는 이야기꾼을 좋아하지 않는다. 태생적으로 '이야기꾼'보다 '구독좌'에 더 가까운 존재니까.

말이 끝나기 무섭게, 나와 바울 주변에 작고 투명한 돔이 생겨났다.

본래 독대는 성좌와 도깨비가 비밀스럽게 접촉하기 위한 공간.

[중급 도깨비 '바울'과의 독대가 시작됩니다.]

하지만 용도란 사용자에 따라 얼마든 바꿀 수 있는 법이다.

돔 바깥에서 비형이 집행자들에게 뭐라 말을 거는 모습이 보였다.

졸지에 단둘이 갇힌 바울이 이를 갈며 적의를 드러냈다.

"갑자기 독대라니 대체 무슨 흉계를 꾸미는 겁니까? 약이라도 올리고 싶은 모양이죠?"

녀석의 신체에는 여전히 집행자 도깨비가 씌운 '구속 코드'가 일렁였다. 저 코드가 있는 한, 바울은 도깨비의 권한은 물론이고 본신의 힘도 전혀 사용할 수 없었다.

즉 지금 눈앞에 있는 놈은 완전히 무력한 상태라는 뜻이다.

"허세 부리지 마. 네가 지금 어떤 상황인지는 잘 아니까."

바울이 주춤거리며 돔 가장자리로 물러났다. 하지만 입가에는 여전히 나를 깔보는 미소가 묻어 있었다.

"그렇군. 무슨 천박한 생각을 하는지 알 것 같군요. 그 재앙의 복수를 하고 싶은 모양이죠?"

"……"

"우습군요. 천박한 인간의 욕망 따위 모를 줄 알았습니까? 그래, 어디 한번 해보시죠. 어떻게 독대를 알아냈는지는 모르겠지만, 이곳은 서로 목숨을 해할 수 없는 장소. 당신이 아무리 발악해봤자……!"

나는 그대로 달려가 있는 힘껏 놈의 면상에 주먹을 처박았다.

놈의 코에서 푸른 핏줄기가 터져나왔고, 상황파악을 못 하던 놈은 뒤늦게 비명을 지르며 자리에 주저앉았다. 내가 말했다.

"죽이진 못해도 때릴 수는 있어."

"끄어어어억! 감히……!"

"이런 고통은 처음 느껴보지? 도깨비로 살면서 한 번도 이렇게 맞아본 적 없을 거 아냐."

"크, 크흣. 크흐흣……."

피를 쏟으면서도 바울은 여전히 웃고 있었다.

"네, 네놈은 지금 실수한 거다. 이, 이 공간에는, 네놈처럼 독대를 악용할 경우를 대비해 특별한 규칙이 걸려 있으니까."

기다렸다는 듯 메시지가 들려왔다.

[당신은 '독대 공간' 안에서 도깨비에게 상해를 입혔습니다.]
[페널티로 500코인이 소모됐습니다.]

정말이지 지긋지긋한 녀석들이다. 혹시나 성좌가 꼭지가 돌아 덤벼들 상황을 대비해 이만 장치까지 마련해두다니. 코인독이 올라도 어지간히 오른 거지.

하지만 페널티를 알고 있었기에 나는 그저 어깨를 으쓱해 보였다.

바울이 피를 닦으며 웃었다.

"어리석은 인간. 분노 때문에 파멸을 자초하는구나. 그래, 얼마든지 때려봐라. 고작 화신인 네놈이 가진 코인으로는……"

"내가 얼마나 가지고 있을 거라고 생각하는데?"

순간, 바울이 입을 다물었다.

"이상하지 않나? 일개 화신인 내가 어떻게 플래티넘 멤버가 될 수 있었는지."

흔들리는 놈의 눈빛을 보며 씩 웃어주었다.

"나 코인 많아. 네놈 덕분에 엄청 벌었거든."

하얗게 질려가는 바울을 보며 나는 조용히 손가락 마디를 꺾었다.

그동안 있었던 빌어먹을 시나리오가 머릿속을 스쳤다.

[보유 코인: 205,902C]

죽어가던 신유승의 마지막 모습을 떠올렸다.

내가 그녀에게 전한 말 중에는 이런 것도 있었다.

─저 도깨비 자식, 꼭 죽도록 패줄게.

그러니 이것은 내가 지킬 첫 번째 약속이다.

[페널티로 500코인이 소모됐습니다.]

다시 한번 날린 주먹에, 녀석의 코뼈가 부서졌다. 이것은 누구의 몫이라든가 그런 말은 하지 않았다. 애초에 이것으로는 누구의 몫도 될 수 없으니까.

[페널티로 500코인이 소모됐습니다.]

"끄아아악! 하찮은 인간이 감히……!"

[페널티로 500코인이 소모됐습니다.]

"내게 이런 짓을 하고 무사할 줄……!"

[페널티로 500코인이 소모됐습니다.]

"죽인다! 반드시, 반드시 네놈을……!"

[페널티로 500코인이 소모됐습니다.]

"자, 잠깐! 잠깐만! 멈추……."
두려움에 질린 녀석이 몸을 웅크린 순간, 나는 처음으로 주먹을 멈췄다. 한순간 녀석의 눈빛에 희망이 깃들었다.
"그, 그래. 잘 생각했습니다. 여기서 이런 짓을 해봐야 좋을 것은 하나도……."

황급히 존댓말을 일삼는 놈을 보며 물었다.

"너는 멈췄어?"

"뭣……?"

"유승이가 그만두라고 했을 때 멈췄냐고."

나는 가만히 녀석을 내려다보았다. 놈은 아무 말도 하지 않았다.

그 대신 나를 한 번 보고, 땅을 한 번 보더니 마지막에는 하늘을 보았다. 그곳에 자신을 이렇게 만든 원망의 대상이 있기라도 한 양.

"이, 이런 짓은 아무런 의미도 없다! 이런다고 죽은 네놈 동료가 살아 돌아오지는 않아!"

죽은 동료가 살아 돌아오지는 않는다. 그 말은 맞다. 하지만.

"의미는 있어."

나는 뿔을 떠는 녀석을 향해 다시 주먹을 들었다.

"만약 내가 죽었다면 신유승도 이렇게 했을 거야."

살점이 거칠게 튀며 놈의 송곳니가 튀어나와 바닥을 나뒹굴었다.

"이현성도 그랬을 거고. 유상아도, 이길영도 그랬을 거야."

복부에 박힌 내 주먹이 놈의 내장을 터뜨렸다.

"심지어 유중혁 그 자식도 마찬가지고."

유중혁 그놈은 복수의 이유가 좀 다르겠지만…… 아무튼.

돔 밖에서 동료들이 이쪽을 보고 있었다.

붉어진 눈으로 주먹을 움켜쥔 신유승. 이지혜와 이길영이 뭐라고 외치고 있었다. 이현성은 진지한 눈으로 응시하고 있고, 유상아는 입술을 꼭 깨문 채 나를 보고 있다.

나는 마지막으로 유중혁을 바라보다가 다시 바울에게 시선을 돌렸다.

"나, 나는 시나리오 바깥의 존재다! 이런 짓으로는 코인을 벌 수 없어! 너한테 아무런 이득도 안 된다고!"

코인…….

그래, 너희 도깨비들은 끝까지 그런 생각밖에는 하지 못하지.

어떤 이야기는 코인이 되고 어떤 이야기는 코인이 되지 않고.

"그럴지도 모르지."

어떤 성좌도 현상금 시나리오를 걸지 않았고, 어떤 서브 시나리오도 놈을 해치우라고 말하지 않았다.

하지만 이 행동은 그래서 의미가 있다.

누구도 내게 시키지 않았으니까.

"아무런 이득도 되지 않으니까 하는 거야."

"뭐, 뭣?"

세계의 멸망이 시작된 이후, 코인은 인간의 행동 원리가 되었다.

성좌가 코인을 주니까 움직이고, 코인을 주지 않으니까 움직이지 않고.

하지만 인간은 종종 그런 것과 관계없이 움직일 때가 있다.

"너는 잘 모르겠지만, 인간은 원래 이런 걸로 삶의 의미를 찾는 동물이거든."

"무, 무슨…… _끄아아악!_"

나는 다시 주먹을 들어 녀석을 두들겨 패기 시작했다.

이어진 주먹질이 놈의 면상을, 늑골을, 관절을, 하나씩 공들여 으스러뜨렸다.

죽을 걱정이 없기 때문에 힘 조절도 필요 없었다.

한 방 한 방이 최선의 타격. 놈의 거죽이 터지고 뼈가 으깨질 때마다 내 안 깊은 곳에서도 뭔가 터져나갔다.

[페널티로 500코인이 소모됐습니다.]

실은 알고 있다.

[페널티로 500코인이 소모됐습니다.]

나도 잘 안다. 아무리 때려봤자 이런 것으로 신유승의 죽음에 약간의 위안도 될 수 없다는 사실 정도는.

죽은 신유승은 이 광경을 보지 못할 것이다. 하지만 그래도 나는 주먹을 움직였다. 두들겨 팼다. 마치 유중혁이 아무도 자신의 대의를 알아주지 않아도 마지막 순간까지 회귀를 반복한 것처럼.

[페널티로 500코인이 소모됐습니다.]

이윽고 허공에서 성좌들의 메시지가 들려왔다.

[성좌, '긴고아의 죄수'가 여태껏 보지 못한 전개에 흥분합니다.]
[500코인을 후원받았습니다.]

잠시 주먹질을 멈추고 하늘을 올려다보았다. 이런 이야기마저 성좌들에게는 하나의 시나리오가 된다.
"이번엔 연기가 아닙니다."

[후원받은 500코인을 반환했습니다.]
[성좌, '긴고아의 죄수'가 크게 당황합니다.]

나는 다시 주먹질을 시작했다.

[성좌, '은밀한 모략가'가 당신의 행동에 관심을 표합니다.]
[성좌, '악마 같은 불의 심판자'가 당신의 행동에 감격합니다.]

도깨비의 거죽이 터지는 소리와 간헐적인 신음만이 울려 퍼졌다. 성좌들은 묵묵히 내가 하는 일을 지켜보았다. 누구도 코인을 주지 않았지만, 그들이 지켜본다는 사실은 느낄 수 있었다.
"으, 으으어…… 사, 살려주십쇼! 제, 제발! 제발!"
견디지 못한 바울이 곤죽이 된 몸을 이끌고 돔 가장자리를 두들겼다. 돔의 벽이 허망하게 울렸지만 집행부는 반응하지 않았다.

오히려 그들은 내 기행을 반기기까지 하는 눈치였다.

모르긴 몰라도 이런 말을 하고 있을 것이다.

「저런 식으로도 코인 벌이가 되는군.」

「망할 이야기꾼 놈들.」

앞서 말했듯이 집행부 도깨비는 이야기꾼을 좋아하지 않는다. 애초에 이형異形의 존재에서 도깨비로 진화한 집행자는, 싸움은 잘할지언정 시나리오를 끌어갈 재능은 없기 때문이다.

얼마 지나지 않아 바울의 몸은 완전히 넝마가 되었다. 나는 피떡이 된 녀석의 멱살을 붙잡았다.

이쯤이면 슬슬 원하는 걸 물어봐도 되겠지.

"신유승의 영혼은 지금 어디 있지?"

¤ ¤ ¤

시나리오의 부속으로 죽은 영혼은 죽어서도 계약의 굴레에서 벗어나지 못한다. 하지만 계약 자체가 소멸해버린 경우는 다르다. 중급 도깨비 바울이 입을 연 것은 그러고도 수십 대를 더 얻어맞은 뒤였다.

"그…… 그건 나도 모릅니다. 다, 당신이 대천사의 힘을 빌리는 바람에…… 그, 그자와 우리의 계약이 소멸했으니……."

역시 그랬군.

도깨비들은 악마에게 '비스트 로드 신유승'을 넘겨받았고, 이양 과정에서 계약의 끈은 악마들의 권능으로 이어졌다.

그리고 그 끈은 우리엘의 [지옥염화]로 모조리 불타버렸다.

즉 신유승의 영혼은 고정쇠를 잃고 세계를 부유하게 된 것이다.

"다, 당신은. 절대로 그녀를, 되찾을, 수, 없, 다…… 그 불쌍한 영혼은 이제 곧, 세계선의, 미궁, 속으로……."

그 말을 마지막으로 바울은 쓰러졌다.

['도깨비 독대'가 종료됐습니다.]

투명한 돔이 사라졌고, 건들대며 다가온 집행부가 휘파람을 불었다.

[이거, 징계 회부가 되기도 전에 끔찍한 꼴을 당했군.]

그들은 나를 흘끔 바라보더니 유쾌한 미소를 지으며 멀어졌다. 황급히 집행부를 따라가는 비형을 보며 나는 물었다.

'뒷돈은 줬냐?'

— 당연하지. 근데 너 코인 너무 많이 쓴 거 아냐?

'아직 많이 남았어.'

바울은 정확히 백이십사 대를 맞고 기절했다.

[보유 코인: 143,902C]

비형이 한숨을 쉬며 나를 일별했다.

—나 관리국 들어가면 당분간 통신은 불가능할 거야. 채널은 열어놓을 테니까 그동안 사고 치지 말고 있어. 제발.

신신당부하는 비형을 보며, 속으로 잘되었다고 생각했다. 녀석이 없으면 지금부터 내가 할 일에 시비 거는 사람도 없을 테니까.

[시나리오 오류로 인해 추가 보상 정산이 지연됩니다.]

메인 시나리오 관리자가 완전히 자리를 비웠으니 당분간 시나리오 전개는 조금 정체될 것이다. 그래봤자 하루 이틀이 겠지만 내게는 충분한 시간이었다.

나는 포털 너머로 사라지는 도깨비들을 올려다보며, 신유승과 나눈 마지막 대화를 떠올렸다.

—걱정 마. 너는 죽지 않을 거야.

—무슨 말이야?

—네가 부활할 수 있도록 도와줄게. 나도 두 번 해봤는데, 생각보다 할 만하거든.

사실 이 방법은 마지막까지 쓰지 않으려고 했다.

이 설계대로라면 그녀는 '한 번' 죽어야만 하니까.

그리고 다시 살아날 수 있다는 확실한 보장도 없다.

― 얼마나 걸릴지는 몰라. 하지만 기다려준다면, 네가 포기하지만 않는다면, 내가 반드시 너를 되살려놓겠어.

이대로 신유승의 영혼이 '세계선의 미궁'에 빠져버린다면, 다시 살리기는 불가능해진다.

하지만 아직은 아니었다.

영혼을 되찾을 수만 있다면 반드시 살아날 수 있다.

문제는 그 영혼을 '어떻게' 찾을 것인가 하는 문제인데.

나는 유상아를 돌아보았다.

"유상아 씨."

"네."

신유승이 다른 세계선의 영혼이라 해도 결국 모든 영혼은 '저승'을 경유해 이 세계를 벗어난다.

나는 저승과 관계된 몇몇 성좌를 떠올렸다.

하지만 모두 내가 감히 범접할 수 없는 곳에 있거나, 지금의 나와는 끈이 닿을 수 없을 정도로 격이 높았다.

하지만 내가 어떻게 비벼볼 수 있는 녀석도 하나 있었다.

"혹시 '버려진 미로의 연인'을 불러줄 수 있습니까?"

내 말에 유상아는 잠깐 망설이다가 고개를 끄덕였다.

잠시 후 그녀 주변에 희미한 스파크가 튀었다. 일전의 개연성 소모로 인해 직접 강림하는 방식은 아니었지만, 아리아드네가 유상아에게 희미하게 깃들었음을 확실히 알 수 있었다.

나는 입을 열었다.

"올림포스. 너희와 거래를 하고 싶다."

스파크가 거칠어졌다. 하긴 마지막 만남이 안 좋았으니 그럴 법도 하지. 하지만 이번에는 내가 양보해야만 한다. 나는 짧게 숨을 들이켠 후 곧바로 본론을 말했다.

"나를 너희 명왕冥王과 만나게 해줘."

이제 두 번째 약속을 지킬 차례다.

3

올림포스의 대답이 무엇이었는지는 유상아의 표정으로 바로 알 수 있었다. 붉어졌다가 창백해졌다가 급기야 새파래지는 유상아의 낯빛을 본 후에야, 너무 성급하게 이야기를 꺼냈다는 생각이 들었다.

"저…… 독자 씨."

대체 무슨 심한 말을 들었는지 유상아는 나를 보며 한참이나 머뭇거렸다. 괜스레 내가 미안해진다.

"배후성이 뭐라고 했는지 말씀해주실 수 있습니까?"

유상아의 몸에서 스파크가 튀었다. 아리아드네가 어지간히 날뛰는 모양이었다. 나는 상황이 진정될 때까지 조금 기다렸다. 지난번 삼문답 교환의 여파가 이렇게 클 줄은 몰랐다.

이윽고 스파크가 잠잠해졌고, 유상아가 한숨 섞인 목소리로 말했다.

"'부유한 밤의 아버지'는 자기가 함부로 데려올 수 있는 존재가 아니라면서……."

부유한 밤의 아버지.

그것은 올림포스 3주신인 '명왕 하데스'의 수식언이었다.

3주신 중 하나지만, 명계에 상주하기에 성운의 대성좌인 '올림포스 12신'에는 들어가지 못하는 성좌.

하긴 고작해야 위인급 성좌인 아리아드네가 접촉하기에 하데스는 너무 격이 높은 거물인지도 모르겠다.

나는 일단 감사를 표했다.

"고맙습니다, 유상아 씨."

"그런데 독자 씨, 혹시……."

똑똑한 유상아는 '부유한 밤의 아버지'가 하데스라는 사실을 이미 알았을 것이다. 내가 하데스를 찾는 이유도 어렴풋이 짐작하겠지. 아내인 에우리디케를 되살리기 위해 명계를 찾아간 오르페우스의 이야기는 한국에서도 유명한 신화니까.

"……가능한가요?"

원칙적으로 말하면 죽은 사람의 부활은 불가능하다.

나야 '불살의 왕' 효과로 개연성을 보정받지만, 대부분의 경우에는 이런 보정이 없다. 신유승도 마찬가지다. 애초에 무분별한 부활이 가능하다면 유중혁은 회귀할 필요가 없었을 테니까.

하지만 어떻게든 영혼만 손에 넣을 수 있다면…….

"지금은 자세히 말씀드릴 수 없습니다. 죄송해요."

성좌들이 죄다 보고 있는 상황에서 줄줄이 미래 계획을 읊고 싶지는 않았다. 이번 사태로 나를 싫어하는 성좌도 늘어난 상황이니까.

수는 던져놨으니 미끼는 저쪽에서 물 것이다.

그러니 지금은 인내심이 중요하다.

"일단 정리를 좀 할까요?"

기다렸다는 듯이 일행들이 하나둘 이쪽으로 다가왔다. 신유승을 힐끔거리는 이길영, 이현성을 부축한 정희원, 살짝 뾰로통한 얼굴로 동떨어진 곳에 서 있던 이지혜.

허공에서 하급 도깨비의 목소리가 들려왔다.

[임시로 보상 정산 진행을 맡게 된 도깨비 '영기'입니다.]

신참 도깨비인지 살짝 경직된 듯한 목소리로 말을 이었다.

[다섯 번째 시나리오의 추가 보상을 정산하겠습니다.]

아마 윗선 도깨비가 모두 사라져서 뒤처리를 맡은 모양이었다.

[엘라인 숲의 정기'를 받았습니다.]

허공에서 떨어지는 작은 열매를 저마다 하나씩 쥐었다.

[방금 지급해드린 것은 스타 스트림의 가장 대중적인 회복약입니다. 중상을 입었더라도 이 열매를 먹고 잠들면 빠른 속도로 회복이 가능하니, 주변 안전이 확보된 곳에서 섭취하시

면 됩니다.]

이렇게 공손한 도깨비는 처음이라 조금 거부감이 들 정도였다. 도깨비는 나와 몇몇 사람을 보며 말을 이었다.

[주요 공헌자에 대한 추가 보상은 금일 저녁에 시행될 예정입니다. 모두 수고 많으셨습니다. 다음 시나리오도 힘내시기 바랍니다.]

목소리가 사라지고, 나는 열매를 쥔 일행들을 바라보았다.

내가 모르는 등장인물은 또 죽었을 것이고, 누군가는 지금 죽어가고 있을 것이다. 하지만 우리는 살아남았다. 다들 그 사실에 감사해야 하는지 슬퍼해야 하는지 모르겠다는 표정이었다.

이럴 때는 누군가가 총대를 메는 수밖에 없다.

나는 한 명 한 명을 들여다보며 천천히 입을 열었다.

"모두 고생하셨습니다."

아무것도 결정하지 못한 순간은 결국 아무것도 결정하지 못한 순간으로 남을 뿐이다.

슬픈 건 슬픈 거고, 기쁜 건 기쁜 거다.

적어도 뭔가 결정한다면 그 순간은 의미로 남는다.

"정말로 고생했어요."

아무것도 아닌 내 말이 하나의 보상이라도 되는 양 모두 표정에 서서히 안도감이 번졌다. 그들은 그럴 자격이 있었다. 뒤늦게 입꼬리를 실룩대기 시작한 이지혜가 먼저 말문을 열었다.

"됐고, 아까 진짜 쩔더라, 아저씨. 아깐 우리 사부보다 쪼끔 더 멋있던데? 인정."

그 말을 시작으로, 이현성과 정희원도 입을 열었다.

"이번엔 정말 대단했습니다."

"내 속이 다 시원하던데요?"

······이 양반들, 설마 그 얘기를 하고 싶어서 참았나?

시끌벅적 떠들기 시작하는 모습을 보니 쓴웃음이 나왔다.

초반 시나리오의 가장 큰 위기는 넘겼고, 서울도 지켜냈다. 적어도 당분간, 몇 개의 시나리오가 지나가기 전까지 서울은 위협받지 않을 것이다.

"독자 씨도 고생하셨어요."

곁에서 나를 물끄러미 보던 유상아가 환히 미소 지었다.

어쩌면 이것은 나에게 주어진 보상인지도 모르겠다.

툭, 하는 소리와 함께 뭔가 부딪힌다 싶더니, 신유승이 내 등에 이마를 대고 있었다. 이길영은 어딘가 못마땅한 표정이었지만 딱히 뭐라고 말하지는 않았다. 나는 아이의 작은 손을 가만히 잡아주었다.

¤ ¤ ¤

저녁이 되자 주요 공헌자에 대한 추가 정산이 시작되었다.

추가 정산을 받을 주요 공헌자는 총 세 명.

나, 정희원, 그리고 유중혁이었다.

[다섯 번째 시나리오의 추가 보상은 'B급 스킬'입니다.]

그 꼴을 당하고 고작 B급 스킬 하나를 보상으로 받다니, 누가 들으면 밸런스가 맞지 않는다고 할지도 모르지만, 밸런스는 충분히 맞는다. 알파벳 등급이 낮다고 해서 구린 스킬만 있는 건 아니니까. 무엇보다 이번 시나리오 보상은 '자유 선택' 형태로 지급된다.

즉 원하는 B급 스킬 중 하나를 마음대로 선택할 수 있다는 것. B급 중에도 입수 난이도가 높은 스킬이 있으니 그걸 얻어야 했다.

[B급 스킬 목록을 열람하시겠습니까?]

수만 개가 넘는 스킬 목록. 나는 처음부터 생각해둔 스킬이 있었기에 선택을 망설이지 않았다.

[B급 스킬 '거짓 간파'를 보상으로 받으시겠습니까?]

고개를 끄덕이자 희미한 광채가 퍼지며 메시지가 추가되었다.

[전용 스킬, '거짓 간파'가 스킬 목록에 추가됐습니다.]

하, 드디어 얻었다. 그간 [거짓 간파]가 없어서 답답했던 걸 생각하면, 정말이지……

돌아보니 정희원도 뭔가 열심히 고르는 중이었다.

나는 곁에 있던 이지혜를 향해 물었다.

"야, 유중혁 어디 갔는지 알아?"

"아, 아까 설화 언니 데리고 어디 가던데."

……이설화랑? 내가 무슨 생각을 하는지 알 만하다는 듯이 이지혜가 피식 웃었다.

"흐음, 아저씨가 생각하는 그런 사이는 아닌 거 같던데."

"왜?"

"나야 모르지."

나는 고개를 갸웃했다. 그러고 보니 2회차는 확실한데, 3회차의 두 사람은 연인이 되었던가 아니던가 잘 기억이 나지 않았다. 생각보다 유중혁은 '고자 루트'를 걸은 적이 많았다.

어쨌거나 이 자식 이설화를 데리고 어디를 간 거지?

[여섯 번째 시나리오는 3일 뒤에 시작됩니다.]

이어지는 시스템 메시지를 듣고, 나는 유중혁이 뭘 하러 갔는지 알 것 같았다.

여섯 번째 시나리오에서는 드디어 다른 돔의 화신과 조우하게 된다. 한순간도 쉴 줄 모르는 녀석이니 아마 지난 회차에서 놓친 몇몇 히든 스킬과 아이템을 입수하러 갔겠지.

아직 서울 돔 내에는 히든 시나리오가 제법 남았으니까.

유중혁에게 아이템을 빼앗기다니 조금 속이 쓰렸지만, 그래도 애먼 녀석이 차지하는 것보다는 나았다. 게다가 남은 시나리오를 수월하게 깨려면 녀석이 지금보다 더 강해질 필요가 있었다.

"아, 맞다. 아까 사부가 아저씨한테 무슨 말을 전하라고 했는데."

"나한테?"

고개를 끄덕인 이지혜가 갑자기 표정을 굳히더니 칼자루를 쥐고 근엄한 투로 말했다.

"김독자, 맹세 기간은 끝났다."

심장이 덜컥 내려앉는 것 같았다.

존재 맹세. 정신이 없다 보니 깜빡 잊고 있었다.

―최소한 다섯 번째 시나리오가 끝나기 전까지 날 해치지 않겠다고 맹세해. 그 정도도 못 하면 난 진짜 못 도와줘.

―맹세한다.

그러고 보니 그런 맹세를 했지.

이 자식…… 설마 그 맹세 때문에 지금까지 날 안 죽였나?

그러고 보니 그때 이상한 말도 했는데.

―죽이지는 않겠다. 하지만…….

―하지만?

　―맞은 건 되돌려주겠다.

나도 모르게 마른 침이 넘어갔다.

혹시 지금 자리를 비운 것도 그거랑 관련 있지는 않겠지?

나를 일격에 보내버릴 무지막지한 스킬을 배워 오려고?

"……대체 무슨 맹세를 했는데?"

"알 필요 없어."

그래, 괜히 벌써 쫄 필요 없다. 이제 신유승이 쓰던 [야수왕의 감수성]도 있다. 그것도 3레벨이나 되는. 책갈피로 쓰는 거지만 [바람의 길]도 있고, 게다가 강한 동료도 있고…….

눈이 마주친 이지혜가 이죽거렸다.

"알겠지만 사부가 뭔 짓을 해도 난 안 도와줄 거야."

"너한텐 기대도 안 해."

그 대신 나는 든든한 이현성 쪽을 바라보았다.

이제 와 하는 얘기지만, 신유승 질문에 유중혁이 아니라 김독자의 일행이라고 답했을 때는 정말 감동했다. 이현성은 잠시 곤란하다는 눈으로 나를 보더니 입을 열었다.

"저…… 독자 씨."

"예."

"사실대로 말씀드리면, 전 유중혁 씨가 조금 무섭습니다."

"……아, 괜찮아요. 이해합니다."

생각해보니 이현성이 이렇게 강해진 건 유중혁이 끔찍하게

굴렸기 때문이었다. 빌어먹을. 하지만 좌절은 이르다. 나한테
는 정희원도 있다. 원작에서는 빛을 보지 못한, 내 손으로 직
접 키운 동료.

정희원이 볼을 긁으며 말했다.

"왜인지는 모르겠는데, 제 배후성이 두 사람 싸움엔 끼어들
지 말래요."

"······예?"

"저도 이유는 잘 모르겠지만······."

[성좌, '악마 같은 불의 심판자'가 흐뭇한 미소를 짓습니다.]

갑자기 등골이 섬뜩해졌다. 흐뭇해? 저 천사 녀석 대체 뭔
생각을 하는 거야?

[성좌, '하늘의 서기관'이 엄중한 눈으로 '악마 같은 불의 심판자'를
감시합니다.]

[성좌, '악마 같은 불의 심판자'가 흠칫하며 표정을 바꿉니다.]

"독자 씨."

화들짝 놀라 돌아보니 유상아가 침착한 미소로 나를 보고
있었다.

"걱정 마세요. 중혁 씨도 그렇게 나쁜 사람 같지는 않았어요."

"제발 그랬으면 좋겠네요."

"분명 좋은 친구가 될 수 있을 거예요."

세상 물정 모르는 유상아의 말을 들으며 나는 몰래 한숨을 내쉬었다. 왜 이럴 때 한수영 생각이 나는지 모르겠다. 나를 제외하고 유중혁이 어떤 놈인지 아는 건 그 녀석뿐이니까.

뭐, 그 녀석이 있었다고 해도 날 지켜주지는 않았겠지만…….

시나리오도 끝났는데 지금 뭐 하고 있으려나 모르겠네.

우리는 시시껄렁한 이야기를 나누며 잡다한 주변 정리를 끝내고 아이템을 수거했다. 얼마 지나지 않아 밤이 깊었다. 유중혁은 여전히 돌아오지 않았다. 그 대신에 주변 정찰을 나갔던 정희원이 반가운 물건을 가지고 돌아왔다. 나는 깜짝 놀라 물었다.

"그게 아직 남아 있었습니까?"

정희원이 가져온 것은 여섯 병짜리 맥주 페트병 묶음과 소주병이었다. 그녀가 웃으며 말했다.

"이럴 때는 한잔해야죠. 기념으로."

우리는 화톳불을 끼고 옹기종기 모여 앉았다. 나는 재빨리 맥주에 손을 가져가는 이지혜의 손등을 쳤다.

"넌 미성년자잖아."

"이제 법도 없는데 무슨 미성년자 타령?"

"애들이랑 사이다 마셔."

티격태격하는 사이 술은 빠르게 한 순배를 돌았다. 묘하게 볼이 붉어진 정희원이 술주정을 시작했고, 이현성은 맥주 두어 잔을 마시더니 곰처럼 코를 골았다. 보기보다 술들이 약한 모양이었다.

"기분 조타아……."

몰래 몇 잔을 마셨는지 얼굴이 발갛게 물든 이지혜마저 풀썩 뒤로 쓰러졌다. 의외로 주당인 유상아는 이미 소주를 네 병째 홀짝이는 중이었다. 얼굴에서 조금도 취기가 느껴지지 않았다.

"저 술 세거든요."

그러고 보면 회식 자리에서 유상아가 취한 걸 한 번도 본적이 없다.

"……함부로 취하면 곤란하니까요."

그 말에 담긴 비감이 슬펐다. 회사에는 유상아한테 술을 먹여서 어떻게 해보려는 놈들만 득실거렸다. 어쩌면 그녀가 마음 놓고 술을 마시는 것은 처음인지도 모른다.

"그래도 오늘은 괜찮겠죠?"

그 얼굴이 평소보다 하얗다는 생각 때문일까. 나는 괜히 머쓱해져서 눈을 피했다.

하늘에는 고적한 달이 떠 있었고, 오늘만큼은 괴수들 울음소리도 들리지 않았다. 우리 말고도 술판을 벌이는 그룹들이 주변에서 시끄러운 소리를 내고 있었다.

이런 상황에서 잘도 마시는구나 싶었는데, 이런 상황이니까 마실 수밖에 없는 게 아닐까 하는 생각도 들었다. 마시지 않고는 버틸 수가 없는 세상이었다.

그때, 내 술잔 위에 작은 스파크가 튀었다. 놀란 유상아가 나를 바라보았고, 나는 고개를 끄덕였다. 역시 술을 마시지 않기 잘했다는 생각이 들었다.

그대로 쏟아진 술이, 장난이라도 치듯 바닥에 문자를 그렸다.

[성좌, '술과 황홀경의 신'이 당신과 대화하기를 원합니다.]

올림포스가 미끼를 물었다.

4

술과 황홀경의 신.

올림포스에 그런 수식언을 사용할 만한 녀석은 12신 중 하나인 디오니소스뿐이다.

[성좌, '술과 황홀경의 신'이 콧노래를 부릅니다.]

노랫소리는 들리지 않았지만, 떨어진 술 방울이 어떤 멜로디에 맞춰 춤을 추는 광경은 볼 수 있었다. 술 방울이 생명이라도 가진 듯이 움직여 수많은 음표를 바닥에 그려냈다.

나와 유상아 사이를 반복해서 움직이는 음표들. 음표를 유심히 보던 유상아가 입을 열었다.

"〈강아지 왈츠〉예요."

"악보도 볼 줄 아십니까?"

"조금은요."

유상아가 고개를 갸웃하며 말을 이었다.

"갑자기 쇼팽이라니, 무슨 뜻일까요?"

나라고 알 턱이 없다. 애초에 디오니소스가 쇼팽을 안다는 것도 이상했다. 아니지. 원전에 따르면 후대의 음악 문화에 무척 관심 많은 성좌였으니 이상한 일은 아닌가.

음표들은 강아지들 발자국처럼 앙증맞은 원을 그리더니, 일제히 화살표를 만들어 남은 소주병을 가리켰다. 유상아가 말했다.

"······술을 더 마시라는 것 같은데요?"

"일단 마셔보죠."

아무리 봐도 그렇게밖에 해석이 안 된다.

"유상아 씨는 조금만 드세요. 적어도 한 사람은 제정신이어야 하니까요."

내가 맛이 가면 일행을 지킬 사람이 필요하다. 급한 대로 사이다를 마시고 잠든 이길영과 신유승을 깨울 수도 있겠지만, 오늘만큼은 푹 자게 두고 싶었다.

"독자 씨는 술 잘 못 드세요?"

"센 편은 아닙니다."

나는 유상아와 가볍게 잔을 부딪친 후 소주 한 잔을 털어넣었다. 오랜만에 들어간 알코올에 속이 후끈했다.

하지만 음표는 여전히 멈추지 않았다.

"……더 마시라는 것 같아요."

연거푸 몇 잔을 더 마셨다. 속에서 열이 올라오며 금세 얼굴이 발갛게 달아오르는 게 느껴졌다. 음표의 움직임이 더욱 활발해졌다. 아니, 내가 취해서 활발해 보이는 걸까. 유상아가 미소 지었다.

"그래도 같이 마시니까 좋네요. 조금 적적했는데."

그렇게 몇 잔을 더 마셨을까. 알딸딸한 취기가 올라오면서 나도 조금 기분이 좋아졌다. 어느새 유상아와의 거리가 부쩍 가까워져 있었다. 분명 아까는 꽤 떨어져 있었는데…….

착각일까. 호흡 소리가 거칠었다.

내 호흡인지 유상아의 호흡인지 모르겠다.

유상아의 어깨가 가볍게 내 어깨를 스쳤다.

"독자 씨."

"예."

분명 민얼굴일 텐데 잡티 하나 찾아보기 힘든 피부.

살짝 몽롱해진 유상아가 내게로 천천히 몸을 기울였다.

점점 더 가까워지는 얼굴. 한 쌍씩 짝을 지은 사분음표와 팔분음표들이 우리 주변을 맴돌며 격렬하게 춤을 췄다. 어깨에 닿은 감촉 때문인지 갑자기 심장이 빠르게 뛰기 시작했다.

……이거 뭔가 이상한데.

[전용 스킬, '제4의 벽'이 당신의 취기를 누그러뜨립니다.]

메시지와 함께 갑자기 정신이 확 깨며 머리가 맑아졌다.

그래, 이런 일이 현실에서 일어날 리가 없다. 그 철두철미한 유상아가 이렇게 흐트러진 모습이라니.

이건 멸살법이니까 가능한 일이다.

나는 유상아의 어깨를 단단히 붙들며 말했다.

"유상아 씨, 정신 바짝 차려요."

"네? 아…… 아?"

화들짝 놀란 유상아가 눈을 깜빡였다. 취기에도 변함없던 그녀의 얼굴이 처음으로 발갛게 물들었다.

"제, 제가 뭘……."

역시 이건 유상아의 의지가 아니었다. 나는 바닥을 맴도는 음표들을 향해 조금 비참한 기분으로 입을 열었다.

"장난은 그만하고 슬슬 본론으로 들어갔으면 합니다만."

음표들이 동시에 멈춰 섰다.

한밤의 축제가 일시에 중단된 듯 불온한 침묵이었다. 마시던 술이 일제히 엎어졌고, 바닥에 모인 술 방울이 뭔가 두려워하는 듯 파르르 떨기 시작했다. 이윽고 술 방울이 하나의 문자 열을 만들었다.

「흥을 깨는 녀석이군.」

나는 바닥에 쓰인 문자에 조금 놀랐다.

겨우 술 방울로 글자 몇 자 쓴 게 뭐 그리 대수로운 일이냐

고 물을지 모르겠지만, 멸살법 세계에서 성좌가 '의사'를 전한
다는 것은 대단한 일이었다.

괜히 많은 성좌가 도깨비의 채널을 이용해 '간접 메시지'를
전하는 게 아니다.

화신이나 도깨비를 경유하지 않고 지상에 의사를 전파하는
것은 성좌 중에서도 최상급 존재나 가능했고, 또 개연성 소모
도 극심했다. 이 세계의 개연성은 그만큼이나 '언어'에 민감
하다.

하늘의 그레이트 홀에서 희미하게 우는 소리가 들려왔다.

이계의 신격도 디오니소스의 존재를 눈치챈 모양이었다.

굳이 화신을 통하지 않고 직접 의사를 전달한 것을 보면 뒷
감당할 자신이 있는 모양인데…… 과연 올림포스 12신쯤 되
면 다르다 이건가.

나는 일부러 도발하듯 입을 열었다.

"그렇게 자신 있으면 직접 오셔서 말씀하시죠."

그러자 문자열이 움직였다.

「난 촉수 놈들이 싫어.」

곧 죽어도 자기가 진다고는 안 하는군.

「싸우는 것도 귀찮아. 그리고 내가 직접 내려가면 전부 죽어.」

사실 나도 기대는 안 했다. 그리고 정말로 올림포스 12신급 성좌가 강림하면 서울은 그대로 가루가 되어버릴 것이다.

「우리 어머니도 아버지한테 그렇게 죽었거든.」

그 문장을 본 유상아가 내게 속삭였다.

"……저게 무슨 뜻이죠?"

"자기 탄생 신화를 말하는 것 같습니다."

내가 알기로, 디오니소스의 부모는 '제우스'와 테베의 공주 '세멜레'다.

제우스와 세멜레의 사이를 질투하던 '헤라'는, 어느 날 유모로 분장하여 세멜레를 다음과 같은 말로 부추긴다.

'제우스 님이 가짜일지도 몰라요. 그러니 올림포스에 계실 때의 진짜 모습을 보여달라고 하세요.'

꾐에 넘어간 세멜레는 제우스에게 정말로 그런 부탁을 하게 되고, 얼마 뒤 제우스의 진체眞體에서 나온 광채에 맞아 타죽는다.

내 이야기를 듣던 유상아가 고개를 갸웃했다.

"어…… 제가 아는 전승이랑은 좀 다른데요? 제가 알기로 저분의 어머니는 테베의 공주가 아니라……."

유상아의 식견에 나는 조금 놀랐다.

한국사 1급뿐 아니라 신화사 1급 자격증도 있는 게 아닐까 의심스러울 정도다. 물론 그런 자격증은 없겠지만.

문자열이 즐겁다는 듯 말을 바꾸었다.

「흐흠. 나에 대해 제법 잘 아는 인간들이구나.」

유상아 말대로, 디오니소스 탄생 신화는 두 가지였다.

하나는 테베의 공주 세멜레가 어머니인 버전.

다른 하나는 하데스의 부인인 '페르세포네'가 어머니인 버전이었다. 나는 디오니소스에게 물었다.

"그러고 보니 궁금하군요. 둘 중 어느 쪽 전승이 진짜입니까?"

「그게 중요한가?」

"중요합니다. 제겐 후자여야 할 이유가 있거든요."

사실 정희원의 제안대로 술판을 벌인 것은 처음부터 디오니소스를 유인하기 위해서였다.

페르세포네의 아들 디오니소스.

만약 이쪽 전승이 맞는다면, 디오니소스는 높은 확률로 하데스의 부인인 페르세포네와 접선이 가능할 것이다.

「무례한 인간이로군.」

문자열을 만들던 술 방울이 파르르 떨렸다.

「하지만 나는 무례한 인간을 좋아하지.」

사실 전승이 어느 쪽인지는 이미 알고 있었다.
멸살법에서도 디오니소스 이야기는 잠깐 언급되니까.

「예전에도 너처럼 만용을 부리던 인간이 하나 있었다. 리라를 매우
아름답게 연주하던 녀석이었지. 하지만 그놈도 끝이 좋지 않았어.」

"저는 다를 겁니다."

「명계 입구를 열어줄 수는 있다. '부유한 밤의 아버지'는 나를 좋
아하지 않지만, 명계의 여신은 내 청을 들어줄 테니까. 하지만 그곳은
매우 위험한 데다 네놈이 살아 돌아올 거란 보장은 없다.」

"괜찮습니다."

「좋군. 나는 간절한 인간도 좋아.」

너무도 순순히 청을 들어줄 분위기여서 오히려 긴장했다.
디오니소스는 무슨 생각을 하는지 모를 성좌니까.

「명심해라. 너에게 주어진 것은 열두 시간뿐이다. 제한 시간 안에 돌아오지 못하면, 너는 영원히 네가 살던 시나리오를 잃게 될 것이다.」

눈앞이 일렁이며 갑작스러운 졸음이 찾아왔다. 나는 무슨 일이 일어나려는지 깨달았다.

젠장, 이래서 술을 먹였군.

나는 다급히 말했다.

"유상아 씨, 애들 깨우세요."

아마도 그것이 내 마지막 말이었을 것이다.

[새로운 히든 시나리오가 도착했습니다.]

눈을 감는 순간, 술 방울이 키득키득 웃는 것 같았다.

「'부유한 밤의 아버지'가 너를 마음에 들어하길 바라마.」

¤ ¤ ¤

[성좌, '술과 황홀경의 신'이 당신의 영혼을 인도합니다.]

[당신의 몸이 육신의 구속에서 벗어납니다.]

마약이라도 한 것처럼 머릿속에서 수많은 색감이 번져나갔다. 이마에 지끈거리는 통증이 일었고, 곳곳에서 희미한 목소리가 들렸다.

[저자는 누구지?]

[……흥미롭군.]

[화신의 영령이 성좌들의 세계에 발을 들였는가.]

[후회하게 될 것이다.]

수런거리는 음성들. 아마 올림포스 녀석들이겠지.

[전용 스킬, '제4의 벽'이 강하게 활성화됩니다.]

시끄럽게 떠들던 목소리들은 음소거라도 한 듯 일순간에 사라졌다.

[당신은 생자生者의 영혼으로 명계에 진입했습니다.]

[명계의 심판관들이 당신의 존재를 눈치챘습니다.]

마지막으로 들려온 메시지와 함께, 수많은 기척이 동시에 내 주변에서 사라졌다. 세상이 빠르게 한 바퀴 돌더니 그대로 몸이 무겁게 가라앉았다.

잠시 후, 어딘가에 도달한 느낌이 들었다.

좀처럼 움직이기 힘들었지만 눈을 떴을 때 보일 정경은 대 강 짐작이 갔다. 명계를 이루는 끈적한 공기. 손끝에 감기는 새카만 모래들.

아마 이곳은 하데스가 다스리는 명계의 강가일 것이다. 하데스의 궁전으로 가는 아케론 강이 있을 것이고, 저승의 뱃사공 '카론'이 나를 기다리고 있겠지. 그리고…….

"야! 일어나! 여기서 뭐 하는 거야!"

둔탁한 뭔가가 머리를 때린다 싶더니 새카만 석유 같은 것이 몸 위로 쏟아졌다.

나는 쿨럭거리며 자리에서 일어났다. 누군가가 몸을 더듬더니 멱살을 잡고 그대로 나를 끌어 올렸다.

"뭐야, 신참인가? 처음 보는 얼굴인데."

나 역시 처음 보는 얼굴이었다.

험악한 인상에 온몸이 근육으로 우락부락한 사내. 주변 사람들이 대롱대롱 매달린 나를 구경하며 이죽거렸다.

"허우대는 멀쩡해 보이는데? 몸 좀 뒤져봐. 뭔가 갖고 왔을 수도 있잖아."

"함부로 건드리지 마. 여기 떨어진 거 보면 어지간한 놈은 아닐 거야. 얼마 전에 온 그 미친놈 벌써 잊었어?"

"아, 그놈은 좀 특별하게 미친놈이고. 그런 놈이 흔하겠어?"

나는 멋대로 지껄이는 사내들을 내버려두고 주변을 살폈다.

뜨거운 열기가 느껴지는 드넓은 장소.

망령이 들끓는 걸로 봐서 일단 명계는 맞는 것 같았다.

명계의 금속으로 빚은 철골이 곳곳에 세워졌고, 금속을 제련하기 위한 화로도 보였다. 커다란 공장 같은 분위기였다. 이승에서 죽도록 일만 하다 죽은 망령이 죽어서도 명계의 노예가 되어 무언가 만들고 있었다.

얼핏 봐서는 거대한 로봇같이 생겼는데……

뭘 하는 곳이지 여긴?

"어이, 지금 내 말 무시하는 거냐?"

나는 정말로 말을 무시한 채 천천히 녀석의 팔을 꺾었다.

"뭐, 뭐야! 이놈 무슨 힘이……!"

이런 잔챙이나 상대할 여유가 없었다.

일단 도착한 히든 시나리오부터 확인했다.

〈히든 시나리오 - 명계 산책〉

분류: 히든

난이도: A+

클리어 조건: 심판관들의 눈을 피해, 무사히 지상으로 돌아갈 방법을 찾으시오.

제한 시간: 12시간

보상: 10,000코인

실패 시: 명계 주민으로 강제 편입

……시나리오는 제대로 왔다. 디오니소스가 말한 시간도 정확하고.

그럼 난 왜 여기 있는 걸까.

분명 아케론 강가에 떨어졌어야 하는데.

"이 자식! 생전에 '그믐밤의 하이에나'라 불리던 이 몸에게······!"

딱 들어봐도 형편없는 악당의 별명이다. 기억에도 없는 걸 보면 틀림없이 멸살법에서도 비중이 전혀 없었다. 사내의 커다란 주먹이 나를 향하려는 순간, 뒤쪽에서 날 선 목소리가 들려왔다.

"거기 들개. 무슨 일이야? 뭐 재밌는 일 생겼어?"

"으, 으아아앗!"

"하하, 나도 끼워줘. 응? 여기서 맨날 건담만 만졌더니 심심해 죽겠다고."

"미친놈이다! 모두 도망가!"

하이에나를 비롯해 나를 포위했던 사내들이 모두 꽁무니를 빼기 시작했다. 포식자라도 만난 초식동물처럼 재빠른 움직임이었다.

나는 목소리가 들려온 쪽을 돌아보았다.

호리호리한 체형에 앞머리를 길러 얼굴을 가린 청년.

그는 나를 유심히 들여다보더니 깜짝 놀라 중얼거렸다.

"······당신이 왜 여기 있어?"

나는 순간 그 말을 이해하지 못했다. 이 자식은 또 뭔데 날 아는 척하지?

"뭐야, 나 못 알아보겠어? 진짜 잊어버린 거야?"

청년이 자신의 앞머리를 살짝 올려 보인 후에야 누구인지 알아보았다.

 ……빌어먹을. 그러고 보니 명계는 결국 죽은 사람이 오는 곳이었다. 미처 생각하지 못했다.

 당연히 내가 죽인 놈도 이곳으로 왔을 것이란 사실을.

 "아아, 그렇게 경계하지 마. 어차피 우리 둘 다 이미 뒈진 목숨이잖아?"

 녀석의 호기심 어린 눈이 불쑥 가까워졌다. 비열하고 잔인한 눈빛. 잠깐 봤을 뿐이지만 결코 잊을 수 없는 인상.

 비릿한 미소를 지으며 녀석이 말을 이었다.

 "그래, 아저씬 대체 누구한테 죽은 거야? 말 좀 해봐. 응?"

 첫 번째 시나리오에서 죽은 망상악귀 김남운이 하데스의 명계에 있었다.

5

한동안 주변을 샅샅이 살핀 후에야 나는 이곳이 어디인지 결론을 내렸다.

젠장, 아무리 봐도 틀림없다. 여기는…….

"그렇게까지 긴장할 필요 없다니까 그러네. 쟤는 가까이만 안 가면 안 문다고."

이죽대는 김남운을 보며 작게 한숨을 내쉬었다.

머리 셋 달린 괴수가 출입구 쪽에서 이쪽을 보고 있었다. 신화에서만 보던 괴물견 케르베로스. 녀석은 따분한 표정을 짓고 있었는데, 머리 두 개는 졸고 있고 하나만이 눈을 부릅뜬 채 주변을 경계하고 있었다.

확실했다. 이곳은 명계의 지옥인 '타르타로스'의 감옥이었다.

김남운은 지옥의 가이드라도 되는 것처럼 마구 떠들어댔다.

"저건 새끼야. 고작해야 4급 괴수종이지. 아래층에는 더 엄청난 놈들이 있어."

저놈이 새끼인 건 맞다. 멸살법에도 그렇게 나와 있으니까.

타르타로스에는 아래층으로 내려갈수록 강한 죄수가 갇혀 있기 때문에, 각 층을 지키는 케르베로스도 내려갈수록 크기가 커진다.

김남운이 킬킬대며 물었다.

"그래서, 지옥에 온 감상은?"

나는 녀석의 건들대는 태도를 경계하며 입을 열었다. 이 사이코패스 녀석은 언제 돌변할지 모르니 긴장할 필요가 있었다.

"물어볼 게 있는데."

"뭔데?"

"혹시 너 말고 다른 사람은 없냐?"

"아저씨 있잖아."

"나 말고."

나는 지나가는 망령들의 얼굴을 유심히 살폈다. 그러나 아는 얼굴은 보이지 않았다. 예를 들면 질문의 재앙 명일상이라든가, 인외종 송민우 같은 놈들.

"내가 알기론 없어. 지하철에 있던 사람 중 여기 온 건 나뿐이야."

하데스의 명계는 세상의 무수한 저승 중 하나일 뿐이다.

죽은 화신들은 생전 신념에 따라, 혹은 무작위적인 분류에 따라 각자 다른 저승으로 떠났을 것이다. 아마 명일상이나 송민우도 마찬가지겠지.

　나는 김남운의 반응을 살피며 말을 이었다.

　"혹시 최근에 젊은 여자가 이곳에 온 적은 없나?"

　"젊은 여자?"

　"하얀 머리카락에, 음…… 포니테일이고. 꽤 예뻐."

　잠시 인상을 찌푸리던 김남운이 갑자기 킥킥거렸다.

　"아하, 이제 알겠다."

　나는 혹시나 녀석이 신유승을 본 걸가 싶어 귀를 기울였다.
김남운이 새끼손가락을 흔들었다.

　"아저씨, 여자 구하려다 죽었구나?"

　"……."

　"하여간 옛날 사람들은 그게 문제라니까. 사랑 때문에 죽느
니 사느니…… 대체 언제 적 얘기야?"

　"봤어, 못 봤어? 그것만 대답해."

　"당연히 못 봤지. 어쩌나, 사랑하는 여친 못 만나서?"

　신유승의 영혼도 이곳으로 오지는 않은 모양이었다.

　아직 아케론 강을 못 건넜을 가능성도 있기는 하지만…….

　어느 쪽이든 결국 다른 세계선에서 온 영혼이니, 잠깐 여기
머문 뒤 세계선 바깥으로 추방당할 것이다.

　내가 할 일은 그 전에 신유승의 영혼을 손에 넣는 것이다.

　"넌 여기서 뭐 하던 중이었냐?"

　"뭐 하긴, 저거 만들던 중이었지. 이제 아저씨도 같이 만들
게 될 거야."

김남운이 손에 묻은 재를 털며 뒤를 가리켰다.

"저거. 건담같이 생긴 거 보여?"

나도 마침 보고 있었다. 거인의 형체를 닮은 외양. 검은 광택이 도는 금속으로 마감한 병기는, 마치 살아 있는 생물처럼 천천히 호흡하고 있었다. 신화상 가장 끔찍했던 전쟁을 준비하는 병기.

거신병巨身兵.

과연 하데스는 벌써 〈기간토마키아〉를 준비하는 모양이다.

역시 놀고먹고 싸지르면서 말로만 전쟁을 준비하는 올림포스 12신과는 다르다. 생각해보면 하데스는 그리스 신화의 성좌이기는 해도 올림포스 소속은 아니었다. 그때, 입구 바깥쪽에서 북적이는 소리가 들렸다.

김남운이 정색하며 내 어깨를 붙잡았다.

"이리 와. 나랑 같이 가자."

"왜?"

"관리자들 오는 거 안 보여? 저기 내가 작업장 튼 곳 있으니까 가서 망치질하는 척이라도 해. 신참일수록 빠릿하게 움직여야 한다고."

나도 그 정도는 알고 있었다. 이곳이 정말 타르타로스의 '노예 대장간'이라면 대강은 아는 바가 있으니까. 내가 놀란 것은 타르타로스 때문이 아니었다. 김남운이 입술을 비죽였다.

"왜 사람을 그렇게 봐?"

말을 안 하려고 했는데, 하지 않을 수가 없다.

"넌 날 보고 아무런 생각도 안 드냐?"

"무슨 생각?"

잠시 고민하는 듯하던 김남운의 얼굴에 순간 섬뜩한 미소가 걸렸다.

"아하, 내가 무서워서 그러는구나?"

"……."

"내가 복수라도 할까 봐. 그렇지?"

안 무서우면 그게 비정상이다. 원작에서 유중혁보다 더한 사이코패스로 군림하던 녀석을 내가 죽였다. 그런데 그놈이 갑자기 살갑게 구는데 공포스럽지 않으면 이상하지.

"뭐, 벌써 뒈진 사람끼리 냉정하게 굴 필요 없잖아? 그리고 나 여기 와서 많이 바뀌었거든. 반성도 많이 했고."

택도 없는 소리. '망상악귀 김남운'이 반성이라니. 어느 날 갑자기 유중혁이 미소녀가 되었다는 것만큼이나 현실성 없는 소리였다.

당연히 거짓말이겠지만, 사람에 대한 마지막 예의를 발휘해 [거짓 간파]를 발동해주기로 했다. 어차피 이럴 때 쓰려고 입수한 스킬이니까.

그런데.

[당신은 해당 발언이 진실임을 확인했습니다.]

……뭐?

나는 어이가 없어져서 놈을 보았다. 김남운이 억울하다는 듯 외쳤다.

"진짜라니까? 왜 사람 말을 못 믿어? 나 속죄하면서 산다니까? 심지어 아저씨가 나 죽여준 거 감사하게까지 생각해."

"……아니, 왜?"

"때 되면 밥 나오지. 잠도 재워주지. 학교도 안 가, 잔소리하는 부모님도 없어…… 좀 덥긴 하지만 여기 최고라고."

지옥 타르타로스를 그렇게 말하는 놈이 있다니.

"게다가 심심하면 건프라도 조립할 수 있고. 얼마나 좋아?"

거신병을 보고 건프라라니.

"아저씨 덕분이야. 진심이야. 진짜 고맙다고."

이 자식은 역시 미친놈이다.

[등장인물 '김남운'이 당신에게 호의를 가지고 있습니다.]

제길, 시스템 메시지까지 저렇게 뜨는데 안 믿을 수도 없고.

"아무튼 빨리 이쪽으로 와. 시간 없으니까!"

나는 김남운에게 이끌려 녀석의 작업장 쪽으로 향했다. 작업대 위에는 녀석이 쓰던 공구가 가지런히 놓였고, 남는 금속으로 만든 '건프라'도 보였다.

명계 금속으로 이런 짓을 하다니.

이 자식 설정이 중2병이었다는 사실이 새삼 실감 난다.

"온다. 망치 들어."

말하기가 무섭게 지옥문의 케르베로스가 짖기 시작했다.

방망이와 채찍을 하나씩 손에 쥔 관리자들이 타르타로스로 들어왔다. 새카만 케이프를 두른 하데스의 권속들. 심판관만큼 강해 보이지는 않지만, 들켜서 좋을 일은 없었다. 나는 어정쩡하게 서서 몇 번인가 망치질하는 척을 했다. 김남운이 옆에서 킥킥거렸다.

관리자는 곧장 입구 쪽 단상에 올라가더니 철을 긁는 듯한 목소리를 냈다.

[1층 노예들에게 알린다. 지금부터 불시 점검이 있을 예정이다.]

김남운이 인상을 찌푸리며 투덜거렸다.

"저 새끼들은 맨날 저 지랄이야. 할 일 없으면 맨날 점검이니 뭐니……."

그러나 이어진 관리자의 말에 김남운은 곧바로 입을 다물었다.

[명계에 불법 침입자가 나타났다. 생자의 영혼으로 아케론 강을 건너온 놈이 있다고 한다.]

망치와 톱을 든 망령들이 혼란스러운 표정으로 웅성거렸다.

관리자의 말은 계속되었다.

[위대한 죽음께서 이 일을 아시게 되면, 너희에게도 끔찍한 일이 벌어질 것이다. 고로 이번 점검은 불순한 침입자를 색출하기 위함이다. 일단은 형식적인 것이니 긴장하지 말고, 제자

리에서 대기해라.]

빌어먹을. 내 예상보다 일의 진척이 빨랐다.

김남운이 내씹는 소리가 들렸다.

"진짜 멍청한 소리 하고 있네. 설령 살아 있는 놈이 여길 왔어도, 뭣 하러 타르타로스에 숨어들겠어? 들어오면 영영 못 나가는 곳인데. 그렇지?"

"⋯⋯."

"이봐, 아저씨?"

"어, 응."

생각하다가 대답이 한 박자 늦고 말았다. 나를 바라보던 김남운이 얼빠진 목소리로 말했다.

"혹시나 해서 묻는 건데 말이야. 저거 혹시 아저씨 얘기는 아니⋯⋯."

"맞아."

"이런 씨발."

망치를 내던진 김남운이 어이없다는 듯 웃었다.

"와, 진짜 사람 뒤통수치는 거 대박이네. 나 지금까지 살아 있는 인간한테 신세타령한 거야?"

화가 난 건지 재미있어하는 건지 모를 표정이다.

나는 한숨을 쉬며 물었다.

"여기 어디 숨을 곳 없냐?"

"씨발, 감옥에 숨을 데가 어딨어? 정 안 되면 저기 건프라 안에라도 숨든가!"

나는 거신병을 바라보았다. 정말로 저 안에 숨는 것도 방법일 것이다. 문제는 거신병은 이미 '살아 있는 생물'에 가까워서 안에 들어갔다간 그대로 소화될 가능성이 높다는 점이지만.

"저거 완성은 됐냐?"

"아직. 코어에 뭔가 문제가 있다던가 어쨌다던가. ……정말 저기 숨으려고?"

"아니."

"잘 생각했어. 저기 들어가면 그대로 뒈질 거거든."

"……너 착하게 살기로 했다며?"

"난 뒈진 사람한테만 착해. 오랜만에 만났는데 아쉽네. 아저씨도 곧 뒈질 테니 그땐 다시 착하게 굴어줄게."

김남운은 내 처지가 꼴좋게 되었다는 듯이 손날로 목을 그으며 말했다.

헛소리를 나누는 사이, 관리자는 벌써 근처까지 다가왔다.

거신병이 완성되었다면 저걸 타고 케르베로스를 때려잡은 다음 하데스의 궁전으로 직행하는 선택지가 있었겠지만, 지금은 그마저도 불가능했다.

[특성 효과로 이미 읽은 페이지에 대한 기억력이 상승합니다!]

나는 필사적으로 멸살법 내용을 떠올렸다. 유중혁도 중후반 회차에서 명계에 방문한 적이 있었다.

그때 그 녀석은 어떻게 했더라?

「"명왕에게 전해라. 거신병 플루토는 내가 가져간다고."」

「"죽고 싶지 않으면 모두 꺼지라고 해."」

……사이코 자식.

읽을 때는 좋았는데 막상 내 상황이 되니까 하나도 도움이 안 된다. 하데스의 심판관에게 정면으로 대항하다니. 그런 건 유중혁 같은 회귀자나 가능한 일이다. 놈에게는 그만한 무력도 있고, 기회도 있으니까. 그런데 나는…….

아니지, 잠깐만. 내가 그놈처럼 못 할 건 뭐지?

발상을 바꾸자 생각의 방향도 달라졌다. 물론 정말 놈처럼 행동할 수는 없다. 하지만 나도 배짱을 부릴 방법은 얼마든지 있었다.

왜 내가 심판관에게 붙잡히면 안 되지?

히든 시나리오에 실패해서 '명계의 주민'이 될 테니까?

아니면 하데스의 눈치를 본 심판관 놈들이 나를 영멸시키려 들 테니까?

바보였다.

애초에 하나만 해결되면 걱정할 필요가 없는 문제였다.

마침내 관리자는 우리 작업장까지 다가왔다. 나는 오히려 앞으로 나섰다.

관리자가 물었다.

"넌 뭐냐?"

"네가 찾던 사람."

그 순간, 관리자의 눈에 빛이 번뜩였다. 어디선가 날카로운 쇳소리 같은 것이 들려오기 시작했다. 점차 몸이 차갑게 얼어붙는 듯한 느낌이 들더니 이윽고 뒷덜미가 서늘해졌다.

아마 돌아보면 하데스의 심판관이 내 목을 잡고 있으리라.

나는 뼛속을 얼리는 듯한 한기에 저항하며 입을 열었다.

"날 영멸시킬 모양인데, 잘 생각하는 편이 좋을 거야."

나는 유중혁 같은 무력은 없다. 하지만 내게는 녀석에게는 없는 것이 있다.

"지금 날 죽이면 너희는 〈기간토마키아〉에서 반드시 패배하게 될 테니까."

관리자의 눈동자가 일순 흔들렸다. 잠깐이지만 한기가 누그러졌다. 나는 그 틈을 놓치지 않고 거신병 쪽을 보며 말했다.

"'부유한 밤의 아버지'께 전해. 내가 저 거신병을 완성할 방법을 안다고."

무시무시한 침묵이 내려앉았다. 몸은 목덜미를 중심으로 천천히 얼어붙었지만 나는 일부러 반항하지 않았다.

이것은 시험이다.

어느새 한기가 목과 어깨를 지나 가슴까지 내려왔다. 당황하지 않았다. 조금 더. 조금만 더. 그리고 마침내 냉기가 심장 언저리까지 파고들려는 순간, 한기가 마법처럼 멎었다. 그리고 메시지가 떠올랐다.

[히든 시나리오 내용이 갱신됐습니다.]

잠시 후 나는 심판관의 안내를 받아 하데스의 궁전을 오르기 시작했다.

그르렁거리는 케르베로스의 뒤편으로 멀어지는 김남운의 모습이 보였다. 멍하니 나를 보는 김남운을 향해 가만히 손을 흔들어주었다.

그럼 지옥에서 잘 지내라, 남운아.

6

마지막으로 본 김남운의 표정이 잔상처럼 남지만, 애초에 놈을 구해주러 온 것도 아니니까 어쩔 방도가 없었다.

다리가 없는 심판관은 유령처럼 조용히 계단을 올라갔다. 도중에 꽤 격이 높아 보이는 몇몇 상징체象徵體가 나를 흥미로운 눈으로 바라보았다. 하데스의 궁전에 기거하는 성좌일까? 모를 일이었다. 여기에 있다고 죄다 성좌는 아니니까.

내가 흘끔거리는 것을 눈치챘는지, 심판관이 돌아보지 않고 말했다.

[잘 따라오지 않으면 길을 잃을 것이다.]

쇠를 긁는 듯한 목소리에 속이 거북했다. 그렇지만 올바른 조언이었다.

나는 눈치를 살피다 천장을 보며 입을 작게 움직였다.

'이봐, 듣고 있지?'

심판관에게는 들리지 않을 정도로 작은 속삭임.

'듣고 있는 거 알아.'

나는 궁금했다. 이곳은 지상이 아니라 하데스의 명계다. 과연 여기서도 도깨비의 '채널'이 제 기능을 할까?

―……옛. 보고 있습니다.

도깨비 통신. 비형 목소리는 아니었다.

'새로운 도깨비인가?'

―예. 하급 도깨비 영기입니다. 비형 어르신께서 관리국 일로 잠깐 채널을 비우셔서 대리를 맡고 있습니다.

도깨비 영기. 낮에 시나리오의 보상 정산을 떠맡은 그 초짜 도깨비인 듯했다. 나는 바로 본론을 꺼냈다.

'너 일 제대로 안 해?'

―예?

'히든 시나리오 갱신됐는데 왜 안 알려줘?'

이렇게 무시무시한 곳에 왔는데, 히든 시나리오 보상이라도 제대로 받아가야지.

―아, 그, 그건……!

어리바리한 걸 보니 초짜는 맞는 모양이다.

새삼 비형이 일 처리를 얼마나 잘하는 녀석인지 알겠다. 그냥 좀 덜떨어진 도깨비라고만 생각했는데…….

십 초 정도 침묵을 지키던 도깨비 영기가 갑자기 말을 더듬었다.

—저, 저기······.

'또 왜.'

—시나리오 갱신은 어떻게 하는 겁니까?

나는 잠시 할 말을 잊었다.

'화신한테 그걸 묻는 도깨비가 어딨냐?'

—그, 그게 비형 어르신께서 잘 모르겠으면 김독자 씨한테 물어보라고······.

비형 이 자식이 나한테 고문관을 맡기고 간 건가?

—자, 잠시만 기다려주십시오! 다른 도깨비한테 물어보고 오겠습니다. 아, 그리고······.

'······또 뭐?'

—죄송하지만, 밀린 간접 메시지를 좀 띄워도 되겠습니까? 제가 파견 근무는 처음이라······.

나는 마지못해 고개를 끄덕였다. 설마 비형 자식이 그리워지는 날이 올 줄이야. 이내 머릿속으로 메시지가 폭발하듯 밀려들었다.

[성좌, '술과 황홀경의 신'이 당신의 곤경에 즐거워합니다.]

[성좌, '긴고아의 죄수'가 당신의 모험에 흥분합니다.]

[성좌, '은밀한 모략가'가 당신이 어떻게 탈출할지 몹시 궁금해합니다.]

[성좌, '악마 같은 불의 심판자'가 당신이 전우에게 무사히 돌아갈 수 있기를 기도합니다.]

(···)

역시 성좌 녀석들도 죄다 내 꼴을 지켜보고 있었군.

한편 감탄하는 녀석들도 있었다.

[성좌, '외눈 미륵'이 명계의 궁전에 감탄합니다.]

[성좌, '대머리 의병장'이 명계의 모습에 큰 충격을 받습니다.]

[성좌, '대머리 의병장'이 자신의 종교를 의심하기 시작합니다.]

(⋯)

위인급 성좌에게는 꽤 진풍경일 것이다. 모든 성좌가 하데스의 성에 올 수 있는 것은 아니니까.

[12,000코인을 후원받았습니다.]

단지 하데스의 궁전을 보여준 것만으로도 1만 2,000코인이라니.

엄청난 이득이었다. 하긴 굳이 따지자면 나는 지금 촬영이 금지된 사유지 영상을 불법 송출하는 셈이니까⋯⋯.

얼마나 시간이 지났을까. 묵묵히 앞에서 걸어가던 심판관이 입을 열었다.

[도착했다.]

경첩 소리를 내며 문이 열리자, 연회장이 갖추어진 홀이 나타났다. 사방이 어두컴컴했기에 내부가 잘 보이지는 않았다. 심판관이 사라지고 문이 닫히자 어슴푸레한 홀 중앙에 작은 불이 켜졌다. 고색창연한 분위기의 타원형 테이블이 나를 기다리고 있었다.

수라상이 이만큼 화려할까 싶을 크기. 새카만 벨벳이 깔린 테이블 위에 침샘을 자극하는 음식이 한가득 차려져 있었다. 그 테이블 끝에, 나를 바라보는 여인이 있었다.

[재미있군요. 이 성에 살아 있는 영혼이 온 건 정말 오래간만인데. 게다가 불쾌한 방청객까지 데리고 오다니…… 오늘은 정말 특별한 날이 되겠어.]

나는 여인이 누구인지 바로 알아보았다.

하데스의 궁전에서 안주인 자리를 차지할 수 있는 존재는 하나밖에 없으니까. 나는 꾸벅 고개를 숙이며 입을 열었다.

"영광입니다, '가장 어두운 봄의 여왕'이시여."

가장 어두운 봄의 여왕.

그녀는 바로 하데스의 아내인 명계의 여왕 페르세포네였다.

[내 수식언을 알다니, 예의 바른 화신이군요.]

"과찬이십니다."

[내 진언을 듣고도 영혼이 흔들리지 않다니 더더욱 흥미로워요.]

그러고 보니 성좌의 진언을 직접 듣는데도 별다른 느낌이 없었다.

페르세포네는 최소 설화급 이상의 성좌.

보통이라면 격 차이 때문에 진언을 듣는 순간 내 영혼은 커다란 타격을 받거나 소멸해야 했다. 얼마 전까지는 위인급인

김유신의 진언을 듣는 것만도 버거웠는데…….

[전용 스킬, '제4의 벽'이 강하게 활성화되어 있습니다.]

스킬 메시지에 '강하게'라는 수사가 붙은 것은 처음이었다. 아무래도 만나는 상대가 남다르다 보니, 내 무의식은 이 상황을 더욱 '비현실'로 받아들이는지도 모르겠다.

[앉으세요, 화신 김독자.]

융숭한 대접에 감사하며 맞은편에 조용히 착석했다. 솔직히 생각지도 못한 호의였다. 나는 천천히 테이블 위 음식을 살폈다. 호화로운 만찬. 두 사람이 먹기에는 지나친 양이었다.

"명왕께서는……?"

[왕께선 당신의 갑작스러운 방문으로 심기가 불편하세요. 그러니 오늘 용건은 내게 말씀하는 편이 좋을 것 같군요.]

결국 이렇게 되나.

예상은 했다. 올림포스 3주신씩이나 되는 존재가 일개 화신 하나가 찾아왔다고 대뜸 만나줄 리 없으니까. 게다가 나는 오르페우스처럼 리라를 잘 연주하는 것도 아니다.

"실례가 되지 않는다면 한 가지 질문을 드려도 되겠습니까?"

[말하세요.]

"지금 그 모습은 여왕님의 진체이십니까?"

[당연히 상징체죠. 내 진체는 한낱 인간인 당신이 견딜 수 있는 충격이 아니에요.]

나는 페르세포네의 상징체를 가만히 들여다보았다. 초라한 노파의 모습을 하고 있었다.

……지독한 악취미로군.

솔직히 그렇게 생각할 수밖에 없었다.

[나이 든 여자는 취향이 아닌가 보죠?]

"그런 문제가 아닙니다."

할머니 모습을 하고 있든 할아버지 모습을 하고 있든, 그건 별로 중요하지 않았다. 문제는 노파가 첫 번째 시나리오의 지하철에서 구하지 못한 그 할머니의 모습이라는 점이었다.

[불편하다면 다른 모습으로 바꿔줄 수도 있어요.]

천천히 일그러진 페르세포네의 모습이 유상아로 변했다. 심지어 평소의 유상아가 아니었다. 은은한 시스루가 섞인 검은색 차이나 드레스에 가터벨트를 차고, 고혹적인 눈 화장을 한 유상아…… 시선을 둘 곳이 없어져서 짐짓 고개를 돌리며 말했다.

"그냥 할머니로 해주십시오."

물론 페르세포네는 내 말을 듣지 않았다.

[시간이 없는 것 같으니 바로 본론으로 들어가죠.]

"그래도 되겠습니까?"

[사실 디오니소스에게서 조금 듣긴 했지만, 당사자 입으로 듣는 것도 나름의 의미가 있겠죠.]

고개를 끄덕인 나는 짧게 숨을 들이켠 뒤, 한 번에 말을 쏟아냈다.

"어떤 이의 영혼을 되찾고 싶습니다. 전해 들으셨는지는 모르겠지만 거래 준비는 되어 있습니다."

[영혼이라…… 오랜만에 옛날 생각이 나는군요.]

영롱하게 눈꺼풀을 내리깐 그녀는 잠시 뭔가 생각하는 듯했다.

이윽고 페르세포네의 긴 손가락이 천천히 움직여 접시 위 스테이크를 썰기 시작했다. 나는 인내심을 가지고 기다렸다.

해체는 천천히 진행되었다.

포크가 살점을 단단히 잡았고, 나이프가 천천히 앞뒤로 움직이며 정성껏 고기를 썰어갔다. 힘줄을 피해 살을 바르자, 깨끗한 단면에 붉은 육즙이 먹음직스럽게 배어 있었다. 조심스레 움직인 포크가 고깃덩이를 찔렀다.

페르세포네는 그것을 먹을까 말까 고민하는 얼굴이었다.

내 이야기 따위는 오래전에 잊어버린 것처럼.

약간 조급해진 내가 입을 열려는 순간, 페르세포네의 입이 먼저 열렸다.

물론 스테이크를 먹기 위함은 아니었다.

[이 세계에 '영혼'이라는 건 존재하지 않아요.]

영혼은 존재하지 않는다. 모든 현대 물리학자가 당연하게 동의할 법한 사안이지만, 문제는 그 발화를 한 존재가 '신'이라는 데 있었다.

그것도 오랫동안 영혼의 논리를 변호해온 올림포스의 신.

나는 비꼬듯 말했다.

"플라톤과 아리스토텔레스가 무덤에서 벌떡 일어날 법한 선언이군요."

[그 아이들도 성좌가 됐으니 무덤에 있지는 않겠죠.]

"저는 말장난을 하러 온 게 아닙니다."

[나도 장난치는 게 아니에요, 화신 김독자. 영혼이란 존재하지 않아요. 자아의 연속성을 바라는 인간들이 만들어낸 환상일 뿐이니까요.]

"그럼 명계 사람들은 뭡니까? 그들은 영혼 아닙니까?"

그녀는 대답 대신 방금 썬 스테이크를 가리켰다.

[그들은 이것과 같죠.]

천천히, 페르세포네의 입속으로 스테이크가 빨려 들어갔다. 아주 오랫동안 그 맛을 음미하듯, 시간을 들여 고기를 썹었다. 새빨간 육즙이 묻은 입술이 매혹적으로 반짝였다.

[음, 아주 특상품이네요. 당신도 한번 들어보지 그래요?]

내 눈앞에도 똑같은 스테이크가 있었다. 나는 잠시 내려다보다가 말했다.

"싫습니다."

[무례를 범할 셈인가요?]

"예. 정말 죄송하지만, 무례를 좀 범해야겠습니다."

분명 먹으면 맛은 있을 것이다. 멸살법에서도 이 음식의 맛을 장장 열두 페이지에 걸쳐 공들여 묘사하니까. 하지만 그 긴 묘사의 끝에는 다음과 같은 문장도 쓰여 있었다.

「그리고 회차가 끝나는 순간까지 유중혁은 그 음식을 먹은 것을 후회했다.」

명계 음식을 먹은 자는 지상으로 되돌아갈 수 없다.

내 속을 읽은 듯 페르세포네가 웃었다.

[명계의 삶은 당신이 생각하는 것처럼 끔찍하지 않아요. 일설로 알려진 것들도 대부분 거짓이고요. 명왕의 허락만 있다면, 얼마든지 지상을 외유할 수도 있어요. 당신 세계로 치면 '직업 군인'과 비슷한 개념이죠.]

"군 생활은 제 인생에서 가장 끔찍한 기억이었습니다만."

[그래요? 그쪽 나라 수컷들은 툭하면 '그냥 군대에 말뚝이나 박아야지'라고 입버릇처럼 말하지 않나요? 그래서 별거 아닌 줄 알았는데 오해가 있었나 보군요.]

다른 나라 여신이 한국 남자에 대해 왜 이렇게 잘 아는지 모르겠다. 페르세포네가 말을 이었다.

[화신 김독자. 당신은 상상하는 것 이상의 대우를 받을 수 있을 거예요.]

"전문 하사가 되라고 권하던 행보관도 비슷한 말을 했죠."

[그 사람은 나처럼 스테이크를 권하지는 않았을걸요? 가령 지금 당신 눈앞에 놓인 그 스테이크. 그걸 먹으면 어떻게 되는지 알아요?]

"소의 육즙을 느낄 수 있겠죠."

[지금 당장 '소드 마스터'가 될 수 있어요.]

너무 태연히 나온 말이라 순간 잘못 들은 거라 생각했다.

소드 마스터는 이계로 떠난 귀환자가 각고의 노력 끝에야 도달할 수 있는 드높은 경지였다.

[그리고 그 옆에 놓인 파스타. 그걸 먹으면 당신은 대륙을 평정할 '대마법사'가 될 수 있고요.]

이 파스타가?

[수프? 당연히 'SSS급 헌터'가 될 수 있는 수프죠.]

이거…… 수라상이 아니라 기연상奇緣床이었나?

나도 모르게 침이 꿀꺽 넘어갔다. 이 고기를 한 점만 먹으면 지금의 유중혁을 가볍게 능가하는 힘을 얻을 것이다.

[그래도 먹지 않을 건가요?]

천천히 포크를 들어 스테이크에 가까이 해보았다. 포크 끝이 고깃덩이를 푹 파고드는 순간, 이상한 장면들이 눈앞을 스쳐 갔다. 홀로 검을 단련하는 한 사내의 기억이었다.

「약해져선 안 돼. 검을 익혀야 한다.」

「노력하고, 또 노력해서 더 강해질 거야.」

「드, 드디어 해냈다, 해냈다고! 내가 해냈어!」

드문드문 이어지는 몇 가지 장면. 나는 놀라 포크를 내려놓았다.

지금 내가 찌른 것은 죽은 소가 아니다.

"설마 이건……?"

페르세포네가 고개를 끄덕였다.

[그래요. 이 작은 고깃덩어리. 이게 인간이 영혼이라 믿는 전부예요.]

그녀는 다시 고기 한 점을 맛있게 먹어치웠다. 먹으면 소드 마스터가 될 수 있다던 말이 뒤늦게 이해되었다.

"……이건 소드 마스터이던 남자의 기억이군요."

[기억? 아니에요. 좀 더 정확히 말하자면…….]

페르세포네는 잠시 단어를 고르더니 말을 이었다.

[이야기.]

입술을 핥으며 나를 보는 그 눈빛에 소름이 끼쳤다.

[모든 성좌가 가장 좋아하는 음식이죠.]

7

성좌 입에서 그 말이 나오는 걸 듣고 있자니 팔뚝에 오소소 소름이 돋았다. 이야기를 먹고, 이야기에 미쳐 있는 자들. 저게 바로 성좌라는 자들의 본성이다.

[죽음이란 이야기의 결말과 같아요. 도축된 소가 되살아날 수 없듯 죽은 사람도 되살아날 수 없어요. 그들의 이야기는 거기서 끝났으니까요.]

"예외도 있는 걸로 아는데요."

[거짓 전승이에요. 예외는 없어요.]

거짓이라. 그리스 신화에서 이럴 때 쓰는 관용 표현이 있다.

"스틱스 강에 맹세하실 수 있습니까?"

처음으로 페르세포네의 표정에 분노가 떠올랐다.

[당신이 믿는 '영혼'은 그저 조잡한 이야기의 덩어리일 뿐

이에요.]

"제가 원하는 것도 그 조잡한 이야기의 덩어리입니다."

[명계에서 '뒤를 돌아보는 자'는 반드시 후회하게 되어 있어요. 당신은 흘러간 시간을 납득하는 법을 배울 필요가 있겠군요.]

이렇게까지 강경하게 나온다면, 나 역시 아껴뒀던 카드를 쓰는 수밖에 없었다.

"여왕님. 시간은 반드시 '앞으로만' 흘러가는 게 아닙니다. 알고 계신 줄 알았는데요."

순간, 세상이 잿빛으로 바뀌었다. 살벌한 기파가 홀 전체를 장악했다. 잠깐이지만 나는 페르세포네의 진체를 엿본 듯한 기분이 들었다.

차마 입이 떨어지지 않지만 발악하듯 외치고 싶었다. 이래도 영혼이 없다고? 이것 봐, 지금 내 영혼에 소름 돋았거든?

흘러내린 식은땀으로 등이 축축하게 젖은 뒤에야 기파는 사라졌다.

아무 일도 없었다는 듯 페르세포네가 미소 지었다.

[후후…… 재밌어. 역시, 올림포스의 아이들이 말한 '특이점'답군요.]

하지만 그 미소는 조금 전과는 묘하게 달랐다. 말하지 않아도 느낄 수 있었다. 이제부터는 자칫하면 골로 가는 수가 있다.

"제가 아는 것은 그뿐만이 아닙니다. 타르타로스에서 개발 중인 거신병을 보았습니다. 저와 거래하신다면 거신병의 완성

시간을 더욱 단축할 방법을……."

　[그런 이야기는 됐어요. 〈기간토마키아〉가 중요한 사안이긴 하지만, 거신병은 당신 도움 없이도 제때 완성할 수 있을 테니까요.]

　나는 순간 말문이 막혔다. 이번에는 페르세포네의 차례였다.

　[다만, 이런 거래라면 생각해볼 수도 있겠군요. 당신이 어떻게 그 정보들을 알고 있는지 내게 말해준다면…….]

　"그건 곤란합니다. 솔직히 제대로 설명할 자신도 없습니다."

　신유승에게는 미안하지만 이것만큼은 불가한 일이었다. 만약 이걸 공개하면 앞으로의 내 계획은 모두 끝장이니까.

　대답의 진심을 가늠하는 듯, 페르세포네는 잠시 내 눈을 들여다보았다. 그러고는 기이한 목소리로 중얼거렸다.

　[역시, ■■■의 ■■■는…….]

　……뭐? 다음 순간, 귓가에 성좌들 메시지가 폭발했다.

　[성좌, '긴고아의 죄수'가 자신의 귀를 의심합니다.]
　[성좌, '악마 같은 불의 심판자'가 눈을 부릅뜹니다.]
　[성좌, '하늘의 서기관'이 여왕의 경솔함을 지적합니다.]
　[성좌, '은밀한 모략가'가 침음합니다.]

　페르세포네가 인상을 찌푸렸다.

　[불청객들은 조용히 하시죠.]

　나는 놀라서 물었다.

"방금 뭐라고 하셨죠?"

[아아, 별거 아니에요.]

나는 진심으로 당황했다. ……'■'라니? 제대로 발음할 수는 없지만, 분명 내 귀에 그녀의 말은 필터링되어 들렸다. 시나리오상 아직 공개되지 않은 정보. 하지만 필터링은 이미 그 정보를 아는 존재에게는 발동하지 않는다. 이해되지 않는 일이었다. 멸살법을 다 읽은 내가 모르는 정보가 있다고?

아니, 어쩌면 저건…….

[미안하지만 여흥은 이쯤에서 접죠. 명계는 당신과 거래할 이유가 없어요. 나는 당신의 정보를 알아내기 위해 다른 방법을 쓸 수도 있거든요.]

나이프에 비치는 불빛이 선뜩했다. 왠지 그 방법을 알고 싶지 않다는 생각이 들었다.

[계속 참았는데, 당신…… 제법 맛있어 보이거든요.]

순식간에 코앞까지 다가온 페르세포네가 내 턱을 붙잡았다. 나는 당장이라도 의자를 박차고 싶은 충동을 자제하며 미소 지었다.

"시나리오를 진행 중인 화신을 해하면 후폭풍을 감당하실 수 없을 텐데요?"

[흐음. 이거 제대로 얕보였네. 내가 겨우 그런 개연성을 감당할 수 없을 거라 생각해요?]

"그리고 저를 지켜보는 성좌들도 용납하지 않을 거고요."

페르세포네가 코웃음을 쳤다.

[명왕께서 그런 하찮은 성좌들을 두려워할 것 같아요?]

물론 하데스는 충분히 오만할 자격이 있다. 하지만 '하찮다'라는 말은 그렇게 함부로 쓰는 것이 아니다.

[성좌, '긴고아의 죄수'가 도발하듯 여의봉을 휘감아 쥡니다.]

[성좌, '악마 같은 불의 심판자'가 냉엄한 눈으로 지고의 검을 꺼내 듭니다.]

[성좌, '은밀한 모략가'가 신나서 상황을 부추깁니다.]

페르세포네도 지지 않고 기세를 방출했다.

[그렇군요. 다들 지금 한번 해보자는 거죠?]

순식간에 홀 천장에 먹구름이 끼기 시작했다. 붉고 푸른 스파크가 천둥처럼 내리치며 연회장 곳곳에 하얀 불길이 일었다. 이것이 성좌들의 기 싸움. 진체 강림도 마다하지 않겠다는 듯, 페르세포네의 상징체에서 막대한 아우라가 넘실댔다. 이대로 가면 새우 등 터지듯 죽게 생겼다.

나는 침착하게 입을 열었다.

"이야기를 좋아한다고 하셨죠."

이야기라는 말에 성좌들 기세가 한순간 누그러졌다.

"그렇다면 이런 거래는 어떻습니까?"

[성좌, '은밀한 모략가'가 당신의 말에 귀를 기울입니다.]

페르세포네가 나를 바라보았다.

"만약 절 도와주신다면, 세상에서 제일 재미있는 이야기를 보여드리죠. 방금 드신 스테이크와는 비교도 안 되는 이야기 말입니다."

[당신을 먹게 해준다는 뜻인가요?]

페르세포네의 손가락 끝이 나를 가리켰다.

"여왕님의 미식력美食歷이라면 이 이상의 식사는 필요하지 않으실 것 같은데요. 이미 충분히 배도 부르실 테고."

내가 하려는 말을 벌써 눈치챈 페르세포네가 눈웃음을 쳤다.

[시식도 못 하게 하고 대가는 받아 챙기시겠다?]

"시향은 하게 해드리죠. 하지만 지금 저를 먹어치우면, 남은 삶을 두고두고 후회하며 살아가실 겁니다."

[왜죠?]

"그때 먹지 않았다면 분명 더 맛있어졌을 거라고 생각하시게 될 테니까요."

페르세포네의 눈빛에 흥미가 깃들었다.

[어떻게 그렇게 확신하나요?]

"저는 배후성 없이도 시간을 거스르는 존재에게 대항할 수 있습니다."

페르세포네의 동공이 희미하게 흔들렸다.

"저는 이계의 신격의 도움 없이도 귀환자를 해치웠고, 강림한 재앙을 막았습니다. 그리고 여기까지, 고작 다섯 개의 시나리오가 지나갔지요."

페르세포네의 윗입술이 애타는 듯 아랫입술을 훔쳤다.

"심지어는 살아 있는 영혼으로 '명계'에 들어와 당신과 이렇게 조우 중입니다. 그런 제가 앞으로 뭘 더 할지 정말 궁금하지 않으십니까?"

[말은 잘하는군요. 하지만…….]

페르세포네가 눈을 흘기며 말을 이었다.

[그건 이미 '거래'가 아닌 것 같은데요?]

"그럼 '구애'라고 말해도 좋습니다."

[……네?]

나는 씩 웃었다.

"저는 진심이니까요. 당신이 한 번도 보지 못한 이야기를, 뒤가 궁금해서 견딜 수 없을 만한 이야기를 보여주겠습니다."

어쩌면 성좌와 '거래'를 하겠다는 생각 자체가 잘못이었는지도 모른다. 어차피 성좌는 영원에 구속된 자들. 하찮은 화신과의 거래에 진지하게 응할 리 없었다. 그렇다면 차라리 말도 안 되는 억지를 부리는 편이 나았다. 적어도, 진심이 담긴 억지를.

그리고 모든 신화가 그렇듯, 때로 신들은 백 마디의 거짓보다 한 줌의 진심에 더 감동하기도 한다. 실제로 그녀는 기분 나쁜 표정이 아니었다.

[흐음, 곤란한데. 이래서 수컷들은…….]

"아, 물론 당신에게 하는 구애가 아니라 '부유한 밤의 아버지'께 하는 구애입니다."

내 말에 페르세포네가 눈을 크게 뜨더니 이내 커다란 웃음을 터뜨렸다.

그녀는 내게서 훌쩍 물러나더니, 테이블 위에 걸터앉아 천천히 다리를 꼬았다. 은근한 눈길이 내 전신을 휩쓸었다.

[재미있군요.]

유상아의 몸으로 저런 포즈를 하다니, 돌아가서도 생각날까 봐 무섭다. 허공의 어둠을 응시하던 페르세포네가 천천히 눈을 감았다. 찰나였지만 몇 시간처럼 무거운 침묵. 그녀는 내가 침묵의 무게에 조금씩 질식해갈 무렵에야 입을 열었다.

[당신에게 '과업'을 내리겠어요.]

그리고 올 것이 왔다.

[재미있는 이야기를 보여준다면서요? 성공한다면 당신이 원하는 영혼을 찾아주도록 하죠.]

이어서 시스템 메시지가 떠올랐다.

[새로운 '히든 시나리오'가 발동했습니다.]

과업이라는 말에 몇 가지 신화가 떠올랐다. 헤라클레스가 '12과업'이라는 걸 수행한 적이 있었다. 페르세포네가 눈을 빛내며 말을 이었다.

[나도 한 번쯤은 내려보고 싶었어요. 올림포스 아이들은 자주 하는 짓인데, 난 조신한 낭군님을 만나는 바람에 한 번도 못 해봤거든.]

"어떤 과업입니까?"

[당신의 과업은 뱀의 머리를 베어 오는 거예요.]

"……뱀? 설마 머리가 여럿 달린 그 뱀 말씀이십니까?"

나는 살짝 소심해진 목소리로 물었다. 왜냐하면 그 '뱀'은 무려 2급 괴수종이니까. 페르세포네가 고개를 저었다.

[히드라를 말하는 게 아니에요. 그런 걸 죽여봐야 헤라클레스 녀석을 따라 했다는 소리만 들을 뿐이죠. 당신이 죽여야 할 뱀은 다른 곳에 있어요.]

"저는 시나리오 진행 중이라 멀리 갈 수 없습니다만."

[그건 걱정 말아요. 당신이 갈 곳에, 그 뱀도 있을 테니까.]

페르세포네가 가볍게 손가락을 튕기자, 허공에 스크린이 떠올랐다. 채널이 연결되었다는 메시지를 보자마자 나는 그 영상이 무엇인지 눈치챘다.

……성좌는 이런 식으로 우리를 보는 거였나?

녹색 정글을 아우르는 거대한 숲이 화면 전체를 장악하고 있었다. 나는 얼마 지나지 않아 그 장소가 어디인지 알 수 있었다. 곧 시작될 여섯 번째 시나리오의 무대.

그런데 잠깐만. 저거 뭐지?

「거기 아저씨, 여기 나무 좀 뽑고 쉴 만한 곳 좀 만들어봐. 그런 거 잘하잖아?」

「내가 잘하는 건 투기지 개간이 아니다. 망할 녀석아.」

나는 그 영상을 뚫어지게 바라보았다. 사라진 공필두와 한수영이 그곳에 있었다. 어떻게 저럴 수가 있지? 아직 여섯 번째 시나리오는 시작도 안 했을 텐데? 나를 빤히 바라보는 페르세포네의 시선이 느껴졌다.

[어때요, 해보겠어요? 꽤 힘들 수도 있겠지만 이 정도는 되어야 '과업'이라는 말을 붙일 만하거든요.]

나는 한발 늦게 정신을 차렸다. 그제야 페르세포네가 원하는 '뱀'이 무엇인지 감이 왔기 때문이다. 나는 천천히 고개를 끄덕였다.

※ ※ ※

인기척이 사라진 후 홀에 어둠이 몰려왔다.

혼자 남은 페르세포네는 남은 성찬을 가만히 바라보다가 입을 열었다.

[그만 치워라. 맛이 없구나.]

어둠 속에서 나타난 손이 재빠르게 접시를 가져갔다. 페르세포네는 접시에 담긴 음식이 그대로 쓰레기통으로 직행하는 것을 바라보았다. 소드마스터, SSS급 헌터, 10서클 대마법사…… 이미 지긋지긋하게 먹어본 맛들. 허공의 어둠이 일렁이더니 목소리가 들려왔다.

[페르세포네. 왜 그랬지?]

마치 공간 그 자체가 말하는 듯한 목소리였다.

[오, 수줍은 내 낭군님께서 이제야 입을 여시네요.]

[왜 그랬냐고 물었어.]

[하데스, 당신이 원했잖아요.]

[나는 그런 적 없어.]

페르세포네는 그 어둠을 빤히 응시하다가 말했다.

[당신은 화신을 좀처럼 만들지 않으시죠. 그런 당신이 유독 저 아이는 마음에 들어하시는 것 같았는데, 제 착각인가요?]

[왜 그렇게 생각했지?]

[저 아이가 명계에 왔을 때 바로 죽이지 않으셨으니까요.]

어둠은 잠시 침묵했다.

[늘 헤라클레스를 가진 제우스를 부러워하셨죠. 그래서 이 번에는 제가 멋대로 낭군님 마음을 조금 읽어봤답니다.]

페르세포네는 잠시 자신의 손을 내려다보며 주먹을 쥐었다 폈다 하며 말을 이었다.

[솔직히 놀랍더군요. 제가 감당할 수 없는 성좌도 있었어요. 그런 자들이 고작 화신 하나를 쫓아다니다니…….]

치지지직, 하는 소리와 함께 어둠 속에서 스크린이 나타났 다. 하지만 채널 신호가 불안정한지, 영상은 곧바로 떠오르지 않았다. 어둠은 고독한 시선으로 스크린을 바라보다 입을 열 었다.

[머지않아 후일後日의 징후가 나타날 거다.]

후일. 그 말을 들은 페르세포네가 불신과 의심, 그리고 불안 이 고루 섞인 목소리로 입을 열었다.

[……후일이 정말 올까요?]

[아마도.]

[하지만 그때도 제 곁에 계셔주실 거죠?]

하데스는 대답하지 않았다. 포근한 어둠이 따스한 기운을 품으며 그녀의 상징체를 조심스레 감싸 안았다. 그 어둠을 느끼며 페르세포네가 말했다.

[저 아이가 어떤 이야기를 보여줄지 몹시 기대되는군요.]

그녀의 눈길이 닿은 곳에는, 명계를 벗어나기 위해 어둠 속을 헤쳐 가는 김독자의 모습이 비치고 있었다.

혹시라도 뒤를 돌아보지 않기 위해 애쓰며 앞으로 나아가는 김독자.

그런 그가 귀엽다는 듯이 페르세포네가 희미하게 웃었다.

23
Episode

버려진 세계

(1)

Omniscient Reader's Viewpoint

1

나는 심판관의 안내를 받아 명계의 출구로 향했다. 특수한 안대를 쓰고 있어서 정확한 위치는 알 수 없었다. 위로 올라가는 것 같기도 했고 아래로 내려가는 것 같기도 했다. 아무튼 한참을 걸어간 후에야 심판관이 안대를 벗겨주었다.

[이 길을 따라가라.]

눈을 뜨자 좁고 어두운 샛길이 보였다. 뱃사공 카론을 통하지 않고 명계에서 빠져나가는 출구인 모양이었다.

['앞'을 찾는 게 좋을 것이다.]

"그게 무슨 뜻입니까?"

곁을 돌아보았을 때 이미 심판관은 없었다. 나는 별수 없이 샛길을 따라 걸어갔다. 곧 주변의 빛이 사그라지고 완연한 어둠이 자리 잡았다. 처음에는 벽을 짚는 것으로 방향을 특정할 수 있었는데, 얼마 지나지 않아 그 벽마저 사라졌다. 의지할 곳이 사라지자 부표 없이 망망대해를 떠도는 배가 된 기분이었다.

문득 오르페우스의 신화가 떠올랐다. 여기서 뒤를 돌아보면 어떻게 될까. 그때, 어둠 속에서 희미한 빛의 글씨가 떠올랐다.

[뒤를 두려워하는군요. 그 가엾은 아이도 그랬죠.]

페르세포네의 메시지였다.

[하지만 명심하세요. '앞'을 찾기 위해서는 '뒤'가 어딘지 반드시 알아야 한다는 것을. 본디 '앞'이란 '뒤'가 있을 때만 존재할 수 있으니까요.]

심판관도 비슷한 소리를 했다. 하지만 그럴듯한 소리를 들었다고 해서 갑자기 깨달음을 얻고 엄청난 변화를 일으킬 수 있는 것도 아니었다.

[동기 부여가 좀 필요해 보이는군요…….]

허공에 떠오른 빛의 문자열이 망설이는 듯 길게 늘어졌다.

[좋아요. 이미 세계선을 넘어가는 미궁의 초입에 있어서 당장 데려올 수는 없지만, 이 정도라면 가능하죠.]

설마 하는 순간, 문자열이 일거에 사라지더니 눈앞에 희미하고 작은 반딧불 같은 것이 떠올랐다. 먼빛. 아주 연약하고 보드라운 빛이었다. 누구도 말해주지 않았지만, 나는 그 빛이 무엇인지 알 수 있었다.

―당신은…….

그것은 41회차의 신유승이었다.

―아, 아아…….

목소리만으로도 알 수 있었다.

그녀가 얼마나 오랜 시간을 기다렸는지. 이미 세계선을 넘어가는 초입에 있다면 이곳과는 시간 관념이 다를 것이다. 내 기준에서는 떠나보낸 지 얼마 지나지 않았지만, 신유승에게는 벌써 몇 년이 흘러갔을 수도 있다.

몇 번이고 파르르 떨던 작은 빛은, 뭔가 망설이다가 조심스레 목소리를 냈다.

―아저씨.

아마 어린 신유승의 기억에 영향을 받은 모양이었다.

―……나도 그렇게 불러도 될까?

호칭이란 곧 구속이다. 어딘가에 얽매이고 싶은 마음. 아마 '아저씨'라는 말이 41회차의 신유승이 가진 마지막 미련일지도 모른다. 나는 옅게 웃으며 말했다.

"지금은 네가 나보다 연장자인데, 괜찮겠어?"

보드라운 빛이 다시 한번 바르르 떨었다. 빛은 장난치듯 내 뺨에 가볍게 닿았다 멀어졌다. 아무것도 아닌 그 포근함이, 그 제스처가…….

나는 가슴이 미어질 듯 고통스러웠다.

오랫동안 기다렸을 것이다. 그럼에도 이 아이는 더 기다려야 한다.

"미안, 당장은 구해줄 수 없어."

이해한다는 듯이 작은 빛이 아래위로 조그맣게 움직였다.

─무리하지 마. 내 이야기는 이제…….

"끝나지 않았어."

나는 그녀가 말할 틈을 주지 않고 말했다.

"그렇게 오랜 세월 고통받고, 이런 식으로 끝내서는 안 돼."

─…….

"내가 결코 그렇게 두지 않아."

빛은 나를 바라보며 말했다. 혼란스럽다는 듯이 애처로운 떨림으로.

─나는 이 세계의 기억을 통해 당신을 알게 됐어. 하지만 당신은…… 어째서 나한테 그렇게 잘해주는 거지? 나에 대해 잘 모르잖아?

나는 대답하지 않았다. 우리는 각기 다른 매개를 통해 서로 알게 되었다. 41회차의 신유승이 어린 자신의 기억으로 나를 알게 되었듯, 나는 멸살법을 통해 그녀를 아는 것이다. 그럼에도 그것을 제대로 설명해줄 수 없었다.

─기분이 이상해. 나는 분명 당신을 잘 모르는데, 이렇게 있으면 모든 걸 이해받는 것 같아. 마치 '신' 앞에 있는 것처럼…….

만약 내가 신이라면 세상에서 가장 무능한 신이겠지. 모든 것을 알지만 아무것도 설명해줄 수 없는, 세상에서 가장 무력한 신의 기분.

신유승의 빛이 빠른 속도로 꺼져갔다. 모습이 보이지 않는데도 그녀가 무슨 표정을 짓고 있는지 알 것 같았다.

―날 구해줘.

"그럴게."

허공에서 흔들리는 빛의 꼬리가 점점 작아졌고, 나는 그 빛을 향해 손을 뻗었다. 가슴이 옥죄이는 느낌이었다. 신유승의 절망. 오랜 기다림…… 형언할 수 없는 슬픔에 심장이 칼로 저미는 듯 아파왔다.

조금씩 페르세포네의 말이 이해되었다. '뒤'가 있어야만 '앞'을 향할 수 있다는 말. 이것이 나의 '뒤'고, 동시에 내가 향해야 할 '앞'이다. 유중혁의 기분도 이랬을지 모르겠다. 끊임없이 과거로 돌아가지만, 오직 돌아가는 일을 통해서만 앞으로 나아갈 수 있었을 테니까.

방향을 확신하는 순간 사위가 천천히 이지러졌다. 흩어지는 어둠 위로 빛의 문자열이 떠올랐다.

[내 힘으로 잠시 붙들어두긴 했지만, 그녀를 구하고 싶다면 당신에게 남은 시간은 거의 없어요.]

나는 손안에 남은 신유승의 희미한 온기를 기억했다. 페르세포네가 말했다.

[명심하세요. 인간은 '이야기'라는 것을. 그러니 당신이 그녀를 되찾았을 때, 얼마만큼의 이야기가 남아 있을지는 아무도 모른다는 것을 말이에요.]

그 말을 끝으로, 나는 어딘가로 빨려 나갔다.

아아아아.

망령들의 울부짖음이 멀어지며, 생생한 육체의 감각이 하나씩 돌아왔다. 쨍한 볕이 눈꺼풀을 파고들었다. 축축해진 등을 느끼며 화들짝 놀라 눈을 뜨니 익숙한 얼굴이 보였다.

"……아저씨?"

어린 신유승이 나를 보고 있었다. 아이의 맑은 눈망울이 내게 확신을 주었다. 거칠게 뛰던 심장이 조금씩 가라앉았다.

돌아왔다.

천천히 숨을 몰아쉬자 전신의 근육이 제 기능을 되찾았다.

[히든 시나리오 - '명계의 여왕'이 종료됐습니다!]

[히든 시나리오 보상으로 15,000코인을 받았습니다.]

갱신된 시나리오의 보상도 들어왔다. 초짜 도깨비가 일 처리를 제대로 한 모양이었다.

[성좌, '술과 황홀경의 신'이 당신의 무사 귀환을 축하합니다.]

들려오는 간접 메시지를 보고 있자니 뒤늦게 열불이 솟았다.

디오니소스 저 자식이 나를 타르타로스에 처넣지만 않았어도 이런 고생은 안 했을 텐데. 하마터면 타르타로스에 갇혀 김남운과 함께 건프라나 만들며 살아갈 뻔했다.

[성좌, '술과 황홀경의 신'이 당신에게 화해를 요청합니다.]

[7,942코인을 후원받았습니다.]

7942? 무슨 삐삐 세대 사과냐?

그래도 코인 받았으니까 한 번은 봐준다.

[새로 도착한 히든 시나리오가 1건 있습니다.]

나는 곧바로 시나리오를 확인했다.

<히든 시나리오 - 뱀 사냥>

분류: 히든

난이도: S-

클리어 조건: 여섯 번째 메인 시나리오 지역에서 목표물을 사냥하시오.

제한 시간: 메인 시나리오 종료까지

보상: 80,000코인, '가장 어두운 봄의 여왕'의 신임

실패 시: 명계 출입 금지

예상대로, 페르세포네의 과업은 히든 시나리오 형태로 전해졌다.

[목표물이 근처에 등장할 시, 자동으로 시나리오 알람이 발동합니다.]

뱀 사냥. 시나리오에 목표물이 명시되지는 않았지만, 다음 시나리오에 등장할 '뱀'이라면 어떤 녀석일지 짐작은 갔다.

천천히 상반신을 일으키자 신유승이 걱정스럽게 물었다.

"아저씨, 이제 괜찮으세요?"

"응. 괜찮아."

"상아 언니가 아저씨 잘 지켜보라고……."

그러고 보니 쓰러지기 직전 유상아에게 뒷일을 부탁했다.

"유상아 씨는?"

유상아를 찾기는 어렵지 않았다. 근처 맨바닥에 몸을 웅크린 채 잠들어 있었다. 잠든 얼굴을 보고 있자니 괜히 유상아로 변신한 페르세포네의 모습이 떠올라 낯이 뜨거워졌다.

"언니, 방금 전까지 깨어 있다 잠드셨어요."

"아."

"혹시 아저씨가 계속 안 일어나면, 다른 사람들한테 꼭 말해주라고도 하셨고요."

연달아 들려온 목소리에 죄책감이 더해졌다. 유상아의 눈 아래에 새카만 눈그늘이 내려 있었다. 본인도 숙취 때문에 힘들었을 텐데…….

제기랄, 나는 쓰레기다.

"이제 일어났어요?"

조금 떨어진 곳에서 정희원과 이현성이 다가오고 있었다. 땀에 젖은 걸 보니 어디서 둘이 아침 대련이라도 하고 돌아오는 모양이었다. 정희원이 말했다.

"그럼 우리도 출발 준비를 해야겠네요."

"출발 준비요?"

"다른 사람들은 이미 다 떠났거든요."

그러고 보니 어제 많이 모여 있던 주변 사람들이 보이지 않았다.

내가 물었다.

"밤새 무슨 일이 있었습니까?"

"여섯 번째 메인 시나리오 공지가 떴어요."

벌써? 내가 미처 묻기도 전에 하늘에 거대한 문자열이 떠올랐다.

[생존자는 용산역으로 모여주시기 바랍니다.]

우리는 곧장 짐을 싸서 출발했다.

애초부터 용산구에 있었기 때문에 역까지 가기는 그리 힘들지 않았다. 내가 유상아를 업었고, 정희원과 이현성이 나머지 짐을 맡아 들었다. 이길영과 신유승은 서로 멀찍이 떨어져 뒤따랐다. 유중혁 일행은 어디로 갔는지 보이지 않았다.

용산역 인근은 이미 인파로 들끓었다. 아직 서울에 이렇게 많은 사람이 살아남아 있다는 게 믿기지 않을 정도였다. 모두 허공에 뜬 거대 스크린을 보고 있었다.

"아……?"

"저곳인가?"

우리도 함께 그 스크린을 올려다보았다. 명계에서 본 것과 같은 영상이었다.

울창한 삼림. 그리고 그 속을 뛰어다니는 괴수들. 분명 가까이서 보면 무서운 괴수인데, 경관 전체를 찍어놓으니 그저 거대한 생태계의 일부처럼 자연스러워 보였다.

화신도 있었다. 벌써 사냥을 시작한 몇몇 사람이 잘린 괴수의 목을 든 채 이쪽을 향해 씩 웃었다. 도깨비 놈들, 무슨 여행지 광고처럼 잘도 편집해놨군.

누군가가 말했다.

"어? 방금 그거 일본인 아냐?"

내 기억이 맞는다면 여섯 번째 메인 시나리오는 다른 돔과 함께하는 이벤트성이다.

아마 방금 화면에 나온 남자는 일본의 유명 화신인 '이즈미'. 도쿄 돔은 우리보다 진도가 빠르니까, 여섯 번째 시나리오 투입도 더 빨랐겠지.

여러 가지 의미에서 한국은 상대적으로 스타트가 불리하다고 할 수 있었다.

[새로운 메인 시나리오가 도착했습니다.]

2

메시지와 함께 시나리오 내용이 떠올랐다.

〈메인 시나리오 #6 - ?????〉

분류: 메인

난이도: ???

클리어 조건: ???

제한 시간: ???

보상: ???

실패 시: ―

"어? 난이도랑 클리어 조건이 없는데?"

"이거 대체 어떻게 하라는 거야? 전부 물음표잖아?"

당황한 사람들이 몇 번이고 창을 재호출했지만, 여전히 내용은 물음표로 도배되어 있을 뿐이었다. 물론 나는 이미 알고 있었기에 놀라지 않았다. 왜냐하면 이번 시나리오는⋯⋯.

"이번 시나리오는 일부 인원만 수행할 수 있다는군요."

목소리가 들려온 쪽에 키 큰 중년 남자가 서 있었다.

"당신은⋯⋯."

"김독자 씨. 정식으로 인사를 드리는 건 처음이군요."

⋯⋯이 아저씨도 여기 있었군. 내가 입을 열려는 찰나, 남자가 먼저 악수를 청했다.

"전일도입니다. '중립의 왕'이라고 불리고 있습니다."

"김독자입니다."

중립의 왕 전일도. 미륵왕 차상경, 미희왕 민지원과 함께 '절대왕좌 쟁탈전'에서 살아남은 서울의 왕 중 하나. 내게 전일도는 인상적으로 남아 있었다. 왕좌 쟁탈전 당시 유일하게 스스로 왕좌를 포기한 왕이니까.

"왕좌 쟁탈전 때도, 그리고 이번에도 독자 씨 활약은 무척 인상 깊게 보았습니다. 제 배후성이 독자 씨에 대해 얼마나 떠들어대는지 모릅니다. 독자 씨 반만 하라고 말이죠."

전일도가 사람 좋아 보이는 미소를 지었다. 그러고 보니 이 아저씨 배후성이 누구였더라? 나는 스킬을 발동했다.

[전용 스킬, '등장인물 일람'을 발동합니다!]

배후성이랑 특성만 포함한 요약 일람으로.

[요약 일람 설정이 변경됐습니다.]

〈등장인물 요약 일람〉

이름: 전일도

배후성: 양다리 전문가

전용 특성: 어설픈 지식인(일반), 중립의 왕(영웅)

막상 보고 나니 왜 봤나 싶은 생각이 든다. 이 양반이라면 배후성은 당연히 이 성좌였을 텐데. '양다리 전문가'는 얼핏 보면 내연 관계가 복잡한 구닥다리 성좌일 것 같지만, 실은 '왕'의 수식언이다.

[중립 외교를 제창하는 한 성좌가 자신의 수식언을 드러냅니다.]
[성좌, '양다리 전문가'가 당신에게 호의를 드러냅니다.]

양다리 전문가는 조선의 왕이자 중립 외교의 달인으로 유명한 광해군의 수식언이었다. 괜히 전일도의 특성이 '중립의 왕'이 아닌 것이다.

"방금 하신 이야기를 조금 더 듣고 싶은데요. '일부 인원'만 시나리오를 수행한다는 게 무슨 뜻입니까?"

"아, 역시 모르고 계셨군요."

정보가 빠른 왕들은 뭔가 아는 모양이었다. 물론 아는 것으로 치면 내가 제일 잘 알겠지만, 그래도 들어둘 필요는 있었다. 혹 내가 아는 멸살법과 달라졌을 수도 있으니까.

"오전에 하급 도깨비들이 밝힌 정보에 따르면, 이번 시나리오는 지원자를 따로 뽑는다고 합니다."

"지원자를요?"

"예. 이번 시나리오는 모두 참여할 필요가 없습니다. 불참해도 페널티는 없고요. 이제껏 있었던 시나리오를 생각하면 믿을 수 없는 조건이죠."

역시 내가 아는 것과 같군. 나는 스크린 속 영상을 가리키며 물었다.

"참가자는 저기로 가게 되겠죠?"

"그렇다고 들었습니다."

전일도의 말을 훔쳐 들었는지 곳곳에서 안도하는 목소리가 들려왔다.

"뭐야, 전부 안 가도 돼?"

"아, 다행이다. 나 아까 저 괴수 보고 놀라서 좀 지렸는데…… 뭐가 저리 커?"

이쯤 되면 시나리오의 화신은 크게 세 부류로 나뉜다.

　첫째, 슬금슬금 눈치만 살피다 꽁무니 빼는 부류. 대부분 소속이 없는 사람들로, 이제 적당히 묻어갈 수 있게 되었다고 생각 중일 것이다. 하지만 그 생각은 틀렸다. 스타 스트림의 모든 시나리오는 어떤 순간을 기점으로 난이도가 기하급수적으로 상승한다. 그들은 시나리오에 참가하지 않은 대가로 끔찍한 미래를 맞이할 것이다.

　"재밌겠는데?"

　둘째 부류는 시나리오의 가혹한 환경에 어느 정도 적응한 자들이었다. 스크린을 보며 다짐을 굳히거나 장비를 미리 점검하는 사람들. 아마 당분간은 살아남을 수 있을 것이다.

　그리고 마지막, 셋째는……

　"전일도 님! 어디 계십니까!"

　인파 바깥에서 전일도를 부르는 소리가 들렸다. 전일도가 시계를 보더니 신음을 흘렸다.

　"시간이 벌써 이렇게 됐군요."

　"가보시죠. 저는 괜찮습니다."

　"아뇨, 혼자 갈 수는 없습니다. 그럼 의미가 없으니까요."

　"……무슨 말씀이신지?"

　"김독자 씨, 사실 저는 당신을 모시러 온 겁니다."

　"저를 말입니까?"

　전일도가 고개를 끄덕였다.

　"왕이 없는 세계."

그는 연극이라도 하듯 그 말을 내뱉고 잠시 주변을 둘러보았다. 정적 속에서 수많은 시선이 이쪽으로 향하는 것이 느껴졌다. 시선을 의식한 듯이 전일도가 알 수 없는 미소를 지으며 말을 이었다.

"그 불행한 세계에 남겨진 왕들이 당신이 오기를 손꼽아 기다리고 있습니다."

셋째 부류.

그들은 살아남기 위해 타인을 이용하는 자들이다.

☒ ☒ ☒

나는 전일도를 따라 왕들의 집결지로 향했다. 용산역 중심부에 모여 있었는데, 어디서 구해 왔는지 회의실은 거대한 천막으로 가려져 있었다.

천막 주변은 보초가 지키고 있었다. 한 명 한 명이 만만치 않은 화신들. 왕들이 키운 정예인 듯했다. 우리가 신유승과 싸울 때 저들은 다른 지역에서 난립하는 괴수를 사냥했을 것이다.

"죄송하지만 여기부터는 '왕'만 출입할 수 있습니다."

보초의 제지에 나는 일행을 돌아보았다. 이미 상황을 이해했는지 정희원과 이현성이 고개를 끄덕였다. 나는 업고 있던 유상아를 이현성에게 맡겼다.

"무슨 일 생기면 바로 비명 질러요. 알았죠?"

정희원이 저렇게 말해주니 정말 든든하다. 나는 가볍게 미소를 지은 후 천막을 열어젖혔다.

[해당 지역에는 '음파 차단' 스킬이 걸려 있습니다.]

얼씨구, 음파 차단까지? 제법 그럴듯한 구색은 갖춘 모양이었다.

안으로 들어서자 널찍한 공간에 원형 테이블이 놓였고, 그 위에는 육포와 비스킷이 몇 점 있었다. 현시점에서는 꽤 귀한 물건인데…….

앉아 있는 의자는 제각각이었다. 누구는 플라스틱 의자, 누구는 원목 의자, 아예 소파를 통째로 가져온 인간도 있었다. 하지만 어디에 앉았든, 그곳은 분명 옥좌였다.

"그러니까, 내가 우리 그룹이 가는 게 유리하다고 말했잖나? 한국은 후발주자야. 이미 자리 잡은 녀석들을 상대할 수 있을 것 같나? 하지만 우리 그룹이 간다면 다르네. 내가 간다면……!"

쩌렁쩌렁 울리던 중년 남성의 목소리가 나의 등장과 함께 사그라졌다.

모든 왕이 나를 보고 있었다.

"마지막 왕이 오셨군요."

미희왕 민지원이 말했다. 나는 그녀를 향해 가볍게 인사한 뒤 왕들을 둘러보았다. 유중혁은…… 없군. 하긴 당연한 일인

가. 참석한 왕은 나를 제외하고 총 다섯 명이었다.

미희왕 민지원.
미륵왕 차상경.
중립의 왕 전일도.
방랑자들의 왕.

이렇게 넷에, 나머지 하나는…….
이상하다. 내가 모르는 사람인데?
"자넨 누군가?"
"김독자입니다."
"아, 자네가……. 허흠, 흠. 나는 여의도의 대통령 '유현호'라고 하네."
……여의도의 대통령? 대통령은 이미 죽었을 텐데 뭔 헛소리지?
민지원이 못마땅한 목소리로 덧붙였다.
"유현호 씨는 왕은 아니지만 한 세력을 이끌고 계셔서 일단 참석하셨습니다."
"왕은 무슨…… 진짜로 지금이 조선 시대인 줄 아나? 우리는 자유민주주의 시대에 살고 있어. 제발 정신들 차리시게!"
나는 곧바로 [등장인물 일람]을 요약 버전으로 발동했다.

〈등장인물 요약 일람〉

이름: 유현호

배후성: 국정 농단의 달인

전용 특성: 부패한 정치인(희귀)

전용 스킬: [뇌물 수수 Lv.5] [군세 지휘 Lv.4] [부패한 권력

Lv.6] [대중 장악 Lv.7]…….

기억이 날 것도 같다. 국회의사당에서 첫 번째 시나리오를 클리어하고 살아남은 정치인. 분명 초반 회차 중 그런 인물이 있었다. 보통은 괴수 범람 때 여의도가 지워지면서 죄다 사망하는 게 정석인데, 이번에는 운이 좋았던 모양이다.

[성좌, '해상전신'이 부패한 조선의 관료에게 분노합니다.]
[성좌, '대머리 의병장'이 화신 '유현호'를 싫어합니다.]

뭔가 싶었는데, 아마 유현호의 배후성 때문인 것 같았다. 조선 관료 중 국정 농단의 달인이 누구였더라…… 유상아가 있으면 물어봤을 텐데 아쉽다.

"그리고 이쪽의 '이수경' 씨도…… 비슷한 이유로 참석하셨습니다. 들어보셨는지 모르겠지만 '방랑자들의 왕'이라 불리

시는 분입니다."

방랑자들의 왕이 나를 보았다. 여전히 가면을 쓰고 있었다. 나는 그 가면을 잠시 응시하다가 좌중을 향해 고개를 돌렸다.

"소개는 그만하면 됐으니 저를 부른 용건을 알고 싶은데요."

내 말에, 테이블 중앙 좌석에 앉은 전일도가 입을 열었다.

"우리는 이 자리에서 '여섯 번째 시나리오'에 참가할 대표를 선출할 생각입니다."

역시 그런 목적이었나. 전일도의 말을 유현호가 받았다.

"현재 서울 돔에서 가장 큰 세력을 가진 사람들이 여기 모였네. 김독자 씨는 상대적으로 규모가 작지만, 시나리오의 공헌도가 커서 특별히 이 자리에 초청했으니 영광으로 생각하게."

"아…… 그렇습니까?"

특별히, 영광으로…… 시나리오가 진행되는 동안 어디 있었는지도 모를 인간이 그렇게 말해주니 참으로 황송한 심정이다. 유현호가 좌중을 돌아보며 말을 이었다.

"재차 말하지만, 우리는 다시 야만에서 벗어날 때가 됐네. 잠깐 원시 시대로 돌아가 '만인에 대한 만인의 투쟁'을 반복했으나 우리 본질은 엄연한 사회계약설에 따라 행동하는 준법 시민일세! 그러니 민주적인 절차에 따라 시나리오 참가자를 뽑는 게 좋지 않겠나?"

그냥 헛소리인데 사회학 용어가 섞여 있으니 그럴듯하게 들렸다. 민지원이 대답했다.

"어떤 민주적 절차를 말씀하시는 거죠?"

"아까 말했다시피, 세력 크기에 따라 참가 인원을 배분하는 게 옳다고 생각하네."

전일도가 곧바로 반박했다.

"단순히 숫자로 따지자면 여의도 쪽 인원이 제일 많을 텐데요. 형평성에 맞지 않는 제안입니다."

"전일도 씨, 섭섭한 말을 하는군. 결국 한민족 아닌가? 특정 세력 인원이 많이 뽑히고 말고는 중요하지 않네. 어차피 시나리오에 돌입하면 타국과 마주할 텐데, 그때가 되면 누가 어디 그룹이니 같은 얘기는 쏙 들어갈 거야. 적이 눈앞에 있는데 우리끼리 다툴 셈인가?"

그야말로 정치적인 물타기였지만 전일도도 만만하지는 않았다.

"누가 뽑히든 중요하지 않다면, 굳이 그쪽 그룹을 많이 뽑을 이유도 없을 것 같습니다만."

"어험, 그러니까 민주적인 절차에 따라 세력이 많은 인원을……."

나는 듣다가 짜증이 나서 끼어들었다.

"고작 이런 이야기나 하려고 모인 겁니까? 애초에 사람을 왜 가려 뽑는지 모르겠군요. 가고 싶은 사람들 그냥 다 보내주면 될 텐데."

"원래는 그럴 생각이었습니다만 상황이 좀 변했습니다."

"변했다고요?"

민지원이 고개를 끄덕였다.

"이번 시나리오는 인원이 제한되어 있어요."

……제한되었다고?

"왕에게는 도깨비가 따로 메시지를 보냈을 텐데, 아직 못 받으셨나 보네요."

그 순간 기다렸다는 듯 메시지가 떠올랐다.

[서울 돔의 초기 할당 인원은 총 10명입니다.]

[투입된 화신의 시나리오 진척에 따라 추가 할당 인원이 결정됩니다.]

아하, 이래서 다퉜군.

시나리오를 두려워하는 일반 화신과 달리, '왕'들은 시나리오는 조기 선점이 중요하다는 점을 잘 알고 있다. 초기 할당 인원에 자기 세력을 다수 투입할 수 있다면, 앞으로 시나리오 주도권도 자기 그룹으로 넘어온다고 생각하겠지.

결국 이 자리는 왕들끼리 의자 뺏기를 하려고 마련된 셈이다.

"내 그룹이 가겠어요. 해당 시나리오 지역에는 일본인이 많다고 들었어요. 그러니 신라의 후예인 내가 앞장서는 게 유리하다고 생각해요."

"아니, 내가 가야지. 백제는 예로부터 일본이랑 교류가 많았다고."

"그건 백제고, 당신 배후성은 후백제 사람이잖아요."

"다들 무슨 소린가? 당연히 내가 가야 하네. 어디서 그런 구닥다리 배후성을 믿고……."

"잠깐만, 여러분. 조금 진정하시고…….."

뒤늦게 전일도가 나섰지만 혼란은 중재될 기미가 보이지 않았다. 한숨을 쉬며 옆을 돌아보다가 방랑자들의 왕과 시선이 마주쳤다. 그녀는 아까부터 한 마디도 하지 않은 채 내 쪽을 보고 있었다. 반가면 사이로 미묘하게 웃는 입이 보였다. 어디 해결해봐라 이건가.

기세가 오른 왕들은 이제 유혈사태도 마다하지 않을 것처럼 사나운 기파를 뿜어댔다.

"우리끼리 여기서 다퉈봐야 아무짝에도 소용없습니다."

그 말에 왕들이 동시에 나를 돌아보았다. 그게 무슨 소리냐는 듯 눈을 부라리는 유현호. 나는 땅에서 희미한 진동을 느끼며 테이블에 놓인 비스킷을 하나 집어 들었다. 그래, 이제야 오시는군.

"아직 마지막 '왕'이 안 왔으니까요."

내가 비스킷을 깨묾과 동시에, 천막 한쪽이 폭발하며 자칭 여의도의 대통령이 바닥에 엎어졌다.

"끄아아악!"

엎어진 유현호의 등을 짓이기며 나타난 사내. 그 뒤로 피를 쏟으며 너부러진 수십의 보초가 보였다.

역시 우리 회귀자답다. 몇 회차든 저 성질머리는 어디로 가는 법이 없지. 특유의 흉흉한 눈길이 좌중을 훑더니 이내 내게 고정되었다.

"패, 패왕……!"

몇몇 왕이 사색이 되어 신음을 흘렸다.

패왕 유중혁이 입을 열었다.

"다음 시나리오에 참가할 인원을 발표하겠다."

3

역시 이견의 여지 따위 없다. 저놈에게 시나리오 인원 선별은 토론 대상이 아니라 발표 대상인 것이다.

"불만 있다면 지금 들도록 하지."

저렇게 무시무시한 살기를 줄기차게 뿜어대는데 불만이 있을 턱이 있겠나. 유중혁의 압도적인 무력을 아는 왕들은 반항할 생각조차 못 하고 몸을 떨었다.

아, 한 사람만 빼고.

"비, 비켜! 발 치우라고!"

불행하게도 자칭 여의도의 대통령께서는 패왕 이야기를 들어보지 못하신 모양이다. 정치인이란 사람이 저렇게 소문에 둔감해서야.

"넌 뭔데 갑자기 나타나서…… 끄아아아악!"

손이 으깨진 유현호가 비명을 질렀다.

"내 손! 내 손! 경호원! 경호원 어디 있나!"

유현호가 꿈틀거리며 도움을 요청했지만, 이곳 어디에도 그를 도울 수 있는 사람은 없었다. 유중혁의 발이 그의 등을 눌렀고, 얼마 지나지 않아 유현호는 괴상한 숨소리를 뱉으며 혼절했다.

사방이 고요해지자 유중혁이 입을 열었다.

"없나 보군. 그럼 명단을 발표하겠다."

왕들의 얼굴이 긴장으로 물들었다. 유중혁이 대단하기는 하다. 이렇게 쉽게 권력의 추를 옮기다니…… 왕들은 순식간에 '뽑는' 입장에서 '뽑히는' 입장으로 전락해버렸다.

나는 테이블에 있던 육포 하나를 찢으며 차분히 유중혁의 말을 기다렸다. 곁에 있던 미희왕 민지원이 어이없다는 듯 나를 바라보았다.

「어떻게 그렇게 태연해요?」

미안하지만 나는 그쪽들이랑 처지가 다른 상황이라 이거다. 왜냐하면 이 몸은 유중혁이 무려 '동료'로 인정한 몸이니까. 맹세는 끝났느니 어쩌니 하면서 위협하기는 해도 결국 내 필요성을 인정한 셈이다.

유중혁이 입을 열었다.

"첫 번째는 물론 나다."

뭐, 당연한 일이겠지. 자기가 만든 명단에 본인이 없을 턱이 있나.

유중혁 등 뒤로, 어느새 녀석의 일행이 도착해 있었다. 이지혜와 이설화. 걱정스러운 눈으로 안을 들여다보는 이현성과 정희원도 보였다. 특히 정희원이 당장이라도 뛰어들 기세라, 나는 눈짓으로 제지했다.

유중혁의 말이 이어졌다.

"두 번째는 이지혜."

당연히 나일 줄 알았는데, 의외로군. 하긴 나는 본래 동료 명단에 없던 인물이니까 날 먼저 기용하면 다른 동료들이 섭섭해할 수도 있겠지. 저 녀석이 냉정해 보여도 은근히 자기 사람은 챙기는 면이 있다. 그 마음 이해한다 인마.

기쁨을 숨기지 못하는 이지혜가 나를 보며 입꼬리를 씩 올렸다.

……조금 짜증 나는데.

"세 번째는 이설화."

이설화가 고개를 끄덕이며 앞으로 나왔다. 한 사람씩 이름이 이어질 때마다 왕들의 얼굴이 어두워졌다. 다들 예감하고 있는 것이다.

저 명단이 바로 확정 명단이 될 것이란 사실을.

「남은 인원은 일곱 명이야. 아직 우리에게도 기회는 있어.」

「패왕 일행은 저 셋뿐이니까, 나머지는 모두 자기 일행이 아닌 사람을 뽑아야 해.」

「그나마 남은 사람 중에는 우리가 제일 강하니까…….」

무슨 생각을 하는지 훤히 보이는 얼굴들이다.

나? 물론 나는 걱정하지 않는다. 나야 당연히 명단에 있을 테니까.

아마 다음 차례야말로…….

"네 번째는 이현성."

……뭐?

뒤쪽에 있던 이현성은 갑자기 이름이 호명되자 얼굴이 파랗게 질렸다.

"저, 저 말씀이십니까?"

유중혁은 질문을 무시하고 그 옆 사람을 바라보았다.

"다섯 번째는 정희원."

"……나요?"

화들짝 놀란 정희원이 눈을 크게 떴다. 정희원을 뽑다니 나도 의외였다. 이 자식이 지금 내 일행까지 막 뽑잖아?

"여섯 번째는 이길영."

"……어? 네?"

이어서 유중혁은 이길영의 옆에 있던 신유승을 바라보았다.

신유승은 순간 두려운 듯이 이길영 뒤에 숨었다. 당황한 이 길영은 잠시 안절부절못하더니 뭔가 결심한 듯이 신유승 앞을 막아섰다. 유중혁은 알 수 없는 눈길로 두 아이를 가만히 내려다보다가 이내 고개를 돌렸다.

"그리고……."

마침내 유중혁의 눈길이 내게 꽂혔다.

그래, 드디어 내 차례로군. 일부러 마지막에 배치해주셨다 이거지?

과연 주인공, 연출을 아는 놈이다.

"나머지는 알아서 결정해라."

순간 육포가 통째로 넘어가는 바람에 기침이 터져나왔다.

유중혁은 천막 안을 쓱 둘러보고, 마지막으로 한심하다는 듯 나를 보더니 더는 볼일이 없다는 듯 등을 돌려 나갔다.

뭐야, 그게 다야? 진짜로? ……그럼 나는?

뒤늦게 쫓아갔지만 유중혁은 벌써 저만치 사라진 후였다.

얼마나 그러고 있었을까. 멀거니 서 있는 나를 향해 정희원이 조심스럽게 물었다.

"둘이 친한 사이 아니었어요?"

나도 그런 줄 알았다.

[성좌, '악마 같은 불의 심판자'가 흐뭇하게 웃습니다.]

이지혜도 이상하다는 듯 한마디 덧붙였다.

"아저씨, 새벽에 우리 사부랑 만난 거 아니었어? 아저씨도 당연히 명단에 있을 줄 알았는데……."

"뭔 소리야?"

"새벽에 사부가 아저씨 만나러 간다고 그랬는데?"

"새벽 언제?"

"1, 2시쯤? 혹시 자고 있었어?"

나는 곰곰이 시간을 헤아려봤다. 새벽 1시에서 2시 사이. 명계로 가기 직전이었던 것 같다.

"그때 깨어 있었는데, 유중혁 안 왔어."

"이상하네. 사부는 분명히 갔다 왔는데? 그리고 돌아왔을 때 약간 화난 거 같았어."

"화가 나?"

"사부가 한심한 인간한테 짓는 표정 있잖아. 왜, 사람 약간 경멸하는 듯한……."

나는 기억을 곰곰이 곱씹어봤다. 명계로 가기 직전에 내가 뭘 하고 있었더라?

아, 그래. 기억난다.

그때 나는 유상아랑 술을 마시고 있었다. 디오니소스가 술을 마구 쏟으며 분위기를 이상하게 만들었고, 그리고…… 어…… 음.

[성좌, '술과 황홀경의 신'이 장난스러운 표정을 짓습니다.]

[성좌, '악마 같은 불의 심판자'가 흐뭇하게 웃습니다.]

[500코인을 후원받았습니다.]

나는 조금 복잡한 기분으로 그때 있었던 일을 일행에게 설명했다. 그러자 다들 깜짝 놀란 얼굴이 되었다. 정희원이 눈을 가늘게 뜬 채 나를 다그쳤다.

"……유상아 씨랑 키스했다고요?"

"아니 그게 아니라…… 제 말을 뭘로 들으신 겁니까?"

"진짜 디오니소스 때문이에요? 술 취한 척한 게 아니라?"

"디오니소스 때문이고, 아무 일도 없었습니다."

정희원이 의심스럽다는 듯한 눈초리로 나를 보았다.

이 얘기 괜히 꺼냈나?

"흐음…… 아마 유중혁 씨가 그걸 본 게 아닐까요? 그래서 분위기상 빠져줬다거나……."

"유중혁은 그럴 놈이 아닌데요."

"게다가 유중혁 씨가 독자 씨 키스 현장을 목격했다 해도, 기분이 상할 이유는 없을 것 같은데……."

"키스 안 했다니까요."

내가 투덜대자 허공에서 우리엘의 메시지가 들려왔다.

[성좌, '악마 같은 불의 심판자'가 그것은 전우애라고 말합니다.]

정희원이 고개를 갸웃하며 말했다.

"……전우애?"

이지혜가 대폭소를 했다.

"언니 배후성이 그래요? 그게 전우애래요?"

"이게 뭔 뜻인데?"

"전우애라면, 제가 알 것 같습니다."

뜻밖에도 이현성이 손을 들며 말했다.

"생각해보니 저도 독자 씨가 그런 짓을 하고 있으면 기분이 나쁠 것 같습니다."

[성좌, '악마 같은 불의 심판자'가 뜻밖의 발언에 콧김을 뿜습니다.]

"네? 현성 아저씨가 왜 기분이 나빠요?"

이지혜는 황당하다는 듯한 표정이었다. 하지만 이현성의 표정은 진지했다. 난 또 무슨 폭탄 발언이 나올까 긴장하며 이현성의 말을 들었다.

"저는 매번 목숨을 걸고 시나리오에 임합니다. 유중혁 씨도 저도 아침마다 다음 시나리오를 위해 열심히 몸을 단련하고 있고요. 오직 전우를 지키겠다는 일념 하나로, 매일매일 혹독한 훈련을 반복합니다."

"……예?"

이지혜가 얼빠진 표정을 지었다. 정희원은 과연 그런 건가, 하는 얼굴로 이현성의 말을 경청했다.

"그런 상황에서, 내 등 뒤를 지킬 전우가 성욕에 눈이 멀어 희희낙락하고 있다면 기분이 나쁠 수밖에 없습니다. 더군다나 남중, 남고, 공대를 나온 사람이 그 광경을 봤다면……."

이야기를 듣던 정희원이 태클을 걸었다.

"남중 남고 공대는 누구 얘기예요?"

"……아무튼 배신감이 들 거라는 얘깁니다. 제가 본 유중혁 씨는 굉장히 금욕적인 데다, 군인이 아님에도 군인 정신이 투철하셨습니다. 그런 분이라면 군기가 문란해질 만한 일에 무척 민감하게 반응할 거라 생각합니다. 분명 전우애가 무너지는 기분이겠지요."

"뭐, 아주 일리가 없는 말은 아니네요."

정희원이 동의했다.

[성좌, '악마 같은 불의 심판자'가 고개를 끄덕입니다.]

의외로 이현성의 말을 듣다 보니 정말 그런가 싶었다. 문득 떠오르는 멸살법 속 장면이 있었기 때문이다. 나는 소설 파일을 열어 유중혁의 3회차를 조금 살펴봤고, 증거가 될 만한 부분을 찾았다.

「한심한 놈. 여자한테 한눈이나 팔고 있다니.」

「성욕이 강한 놈은 동료 명단에서 배제한다. 자칫 일을 그르치기 쉬우니까.」

정말 그렇게 오해하고 있다면 억울한 일이었다. 진짜 키스라도 했으면 모를까, 젠장. 이제 와서 다 오해라고 말할 수도 없고…….

"김독자 씨? 슬슬 나머지 인원을 뽑을까 싶은데요."

어느새 다가온 민지원이 말을 걸었다. 돌아보니 다른 왕들도 나를 보고 있었다.

"패왕이 여섯을 데려가기로 했으니, 남은 인원은 넷이군요."

"이 중에서 넷을 뽑아야 한다는 건데……."

여의도 세력은 이미 박살 나서 남은 왕은 나까지 다섯 명.

눈치를 보던 미륵왕 차상경이 먼저 입을 열었다.

"험, 어차피 넷밖에 안 남았으니 남은 인원은……."

"대장전으로 결정하는 게 어떻습니까?"

내가 의견을 제시했다.

"어차피 말로 계속 다퉈봐야 시간만 허비할 뿐입니다. 자기 세력으로 할당 인원을 채우고 싶은 건 마찬가지일 테니, 대장전으로 승패를 정합시다. 이긴 왕이 나머지 할당을 모두 갖기로 하죠."

왕들이 동시에 서로 바라보았다.

그리고 잠시 후 대답이 나왔다.

"좋습니다."

¤ ¤ ¤

이번에도 중립의 왕 전일도는 제일 먼저 기권을 선언했다.

"저는 남겠습니다. 누군가는 여기 남아서 사람들을 통솔해야 하기도 하고……."

현명한 선택이었다. 어차피 시나리오에서 선방하지 못할 거라면 이곳에서 권력 기반을 다지는 데 집중해도 나쁘지 않으니까. 아직 알려지지 않았지만, 남겨진 화신을 위한 시나리오도 존재한다. 자극을 좋아하는 도깨비가 화신들을 평화롭게 놓아둘 리 없지.

방랑자들의 왕도 간단히 손을 들어 기권 의사를 표했다. 다른 왕들은 의외라는 듯한 눈치였지만, 경쟁자가 줄어 다행이라 생각하는 듯했다.

민지원이 나를 보며 자신만만한 투로 말했다.

"그때 같은 편법은 통하지 않을 거예요."

내가 비축한 코인을 써서 왕좌 쟁탈전에서 승리했다는 사실을 아는 모양이다.

……그래, 내가 어지간히 얕보였다 이거지?

우리는 각자 한 번씩 상대를 바꿔가며 싸웠다. 승부가 나기까지는 오 분도 채 걸리지 않았다.

"말도 안 돼…… 패왕만 괴물인 줄 알았는데. 대체 어떻게 이렇게 강해진 거죠?"

차상경은 피떡이 되어 너부러졌고, 민지원은 온몸에 멍이든 채 숨을 헐떡거리며 말했다. 그러게 처음부터 그냥 이렇게 했으면 편했을 텐데.

나는 어깨를 으쓱하며 말했다.

"열 명은 초기 할당 인원일 뿐이니까 다들 기다리고 계세요. 두 번째 할당도 금방 시작될 테니까요."

"하아, 별수 없죠. 네 자리를 얻으셨는데 누굴 데리고 가실 건가요?"

"한 자리는 저이고, 다른 하나는 저 아이입니다."

내 눈짓에 신유승의 안색이 밝아졌다. 혼자 남겨질까 걱정한 모양이다.

"그리고 나머지 둘은…… 생각해둔 사람이 있습니다."

"전 아니죠?"

"네, 민지원 씨는 아닙니다."

"……알았어요."

민지원이 먼지를 털고 일어났다. 침울해진 왕들이 하나둘 자리를 비웠다. 나는 일행을 향해 말했다.

"먼저들 가세요. 저는 잠시 할 일이 있어서요. 조금 이따 역 앞에서 만나죠."

고개를 끄덕인 일행들마저 차례차례 천막 밖으로 사라지자, 사람으로 북적이던 내부는 순식간에 휑해졌다.

조금 더 시간이 흐르자 마침내 천막 안에는 나와 다른 한 사람만 남게 되었다. 가면을 쓴 여인. 이윽고 처음으로, 그녀의 입이 열렸다.

"친구가 많이 생긴 모양이구나."

마지막까지도 망설였다. 이 사람과 이야기를 나눠봐야 할지, 아니면 그냥 모른 척 떠나야 할지.

하지만 처음부터 답이 정해진 선택지였다.

다음 시나리오에 필요한 사람을 얻으려면 어쩔 수 없이 이 사람에게 도움을 청해야만 했으니까. 나는 가볍게 숨을 몰아

쉰 후, 방랑자들의 왕을 향해 입을 열었다.

"오랜만이에요, 어머니."

4

방랑자들의 왕이 희미하게 웃었다.

"오랜만이라니? 지난번에도 봤잖니."

"그땐 그냥 지나쳤으니까요."

지금까지 방랑자들의 왕은 총 두 번 만났다.

첫 번째는 한수영과 함께 인외종 송민우를 해치웠을 때, 두 번째는 범람의 재앙을 해치웠을 때. 그리고 이번이 세 번째…….

방랑자들의 왕이 천천히 가면을 벗었다.

우리는 잠시 서로 마주 보았다. 역시 여전하다. 아무리 봐도 삼십대 후반으로밖에 안 보이는 얼굴. 어머니와 나는 전혀 닮지 않았다. 어렸을 때는 사촌 누나가 아니냐는 말도 많이 들었다.

"언제 출소하셨어요?"

"좀 됐어."

그러니까, 아직 아버지가 있었을 적에는 말이다.

"서울에 살고 계셨어요?"

"잠깐 아는 사람 만나러 왔어."

"아하, 그래서 우연히 서울 돔에 갇히셨다……?"

"그래."

"출소도 했는데 죄수복은 왜 다시 입으셨어요?"

"글쎄. 속죄하고 싶은 마음 때문에?"

"……속죄? 당신이?"

"인간은 모두 죄수란다. 누구에게나 각자의 감옥이 있는 법이지."

나는 어머니를 가만히 노려보았다. 저 뻔뻔한 말투. 정말이지 변한 게 하나도 없다.

"고맙다는 말 한마디 정도는 해줘도 되지 않니? 내가 없었으면 곤란했을 텐데."

……확실히, 도움은 되었다. 어머니는 자신의 세력을 이끌고 북쪽의 재앙을 처치했으니까. 아무리 약한 재앙이었다 해도 대단한 일이다. 제대로 해줄 거라 믿고 있기도 했다. 나는 어머니를 증오하는 만큼, 어머니를 잘 아니까.

"모처럼 만났는데 반갑다는 내색조차 없구나."

"정말 그런 걸 바라세요?"

"조금은."

[전용 스킬, '거짓 간파 Lv.1'이 발동합니다!]

[당신은 해당 발언이 거짓임을 확인했습니다.]

우습다. 거짓일 걸 알면서도 굳이 확인해보는 내 처지가.

"그 와중에 살아남다니 생존력이 대단하시네요."

"네가 들려준 이야기 덕분이지."

"……역시 그랬군요."

"교도소까지 엄마를 만나러 와서 자기가 읽은 소설 이야기만 하는 건 너뿐일 거야."

분명 그랬다. 교도소에서 지정한 면회 시간 동안 어머니와 제대로 대화해본 적이 없었다. 나는 내내 멸살법 이야기만 떠들었고, 그마저 지겨워졌을 때 면회를 그만두었다.

"그것 말고는 할 얘기가 없었으니까요."

"그럴 리가 있어?"

"그 소설이 제 전부였어요."

잠깐이지만 과거의 잔상이 떠올랐다가 사라졌다.

멸살법이 없었다면, 그 이야기를 끈덕지게 연재해준 작가가 없었다면 아마 지금 나는 세상에 없을 것이다. 어머니도 아버지도 없던 십대 김독자에게 위로가 된 것은 그 이야기뿐이었으니까.

"고작 삼류 판타지 소설……."

"덕분에 살아남았으니 그 삼류 소설에 고마워하셔야 할 것 같은데요."

우리는 잠시 입을 다문 채 서로 노려보았다.

[성좌, '긴고아의 죄수'가 흥미진진한 눈으로 당신을 바라봅니다.]

[성좌, '은밀한 모략가'가 묘한 눈으로 당신을 바라봅니다.]

[성좌, '악마 같은 불의 심판자'가 슬픈 눈으로 당신을 바라봅니다.]

먼저 침묵을 깬 사람은 나였다.

"무슨 특성을 얻으셨죠? 제가 들려준 얘기랑 관계된 특성일 것 같은데."

"내가 말해줘야 하니?"

"아직 절 자식으로 생각하신다면."

"너는 나를 엄마로 생각하는지 궁금하구나."

"조금은요."

[인물 '이수경'이 '거짓 간파 Lv.1'를 발동했습니다!]

['이수경'은 해당 발언이 거짓임을 확인했습니다.]

빌어먹을. 벌써 이 스킬까지 가지고 있다니 내 어머니가 맞기는 하군.

어머니의 표정에 미미한 비감이 서렸다. 그것이 연기인지 아닌지 지금의 나로서는 알아낼 방도가 없었다.

"아직도 나를 원망하니?"

"그런 얘길 하러 온 게 아니에요."

"네 아버지는 나쁜 사람이었다."

"알아요."

세상에는 분명 '나쁜 사람'이 있다. 그중 한 부류는 아내에게 폭력을 휘두르고, 불법 도박으로 가산을 탕진하며 가족 생계를 위협한다.

그러니 아버지는 나쁜 사람이다. 나도 알고, 어머니도 알고, 한국의 법도 그렇게 말한다. 하지만.

"아버지가 나쁜 사람이었다고 해서, 당신이 한 짓이 옳은 일이 되지는 않아요."

"더 나은 삶을 위해 희생해야 하는 것도 있는 법이야."

"한국에 그런 '법'은 없어요. 어떤 이유로든 살인을 저지른 인간이 감옥에 가야 한다는 법은 있지만."

"소설만 봐서 그런지 말은 잘하는구나."

"나한테는 현실이 더 소설 같았어요. 당신 때문에."

이쯤 되면 이미 평범한 모자간 대화가 아니다. 이래서 말하고 싶지 않았다. 이야기를 하면 어떤 꼴이 될지 잘 아니까. 서로 어떤 상처를 주고받아야 하는지 너무나 잘 아니까.

"내가 왜 찾아왔는지 아시죠?"

"글쎄."

"피차 거짓말은 파악할 수 있는 상황이니까 시치미 떼는 건 그만두죠."

어머니가 희미하게 미소를 지었다.

"죄수번호 406번 단 할머니 있죠? 빌려줘요."

"……전우치를 배후성으로 가진 화신을 데려가는 게 좋을 텐데? 내겐 꽤 쓸 만한 화신이 많이 있단다."

"전우치는 어머니 심복이잖아요. 그리고 그 할머니가 더 도움이 돼요."

어머니는 잠시 나를 바라보더니 고개를 끄덕였다.

"상대가 상대니 그럴 수도 있겠구나. 그런데 406번의 배후성은 어떻게 알았니?"

"말할 수 없어요."

"배후성을 알아내는 스킬이 있구나?"

역시 어머니한테는 무슨 말을 할 수가 없다.

"빌려줄 거예요, 말 거예요?"

"빌려주마. 그 대신."

이어질 말이 조금 두려웠다. 어머니라면 내가 전혀 상상하지도 못한 거래를 제안하리라. 희미한 미소를 짓더니 어머니가 말을 이었다.

"다음번엔 네 친구들도 소개 좀 해주렴."

나는 잠시 벙쪄서 다음 말을 찾지 못했다.

제길. 완전히 한 방 먹었군. 나쁜 사람을 더 나쁜 사람으로 만드는 건 세상에서 어머니가 제일 잘하는 일이었는데.

"독자야, 현실을 똑바로 보렴. 허구가 현실이 되었다 해도 정말 허구를 현실로 생각해서는 안 된다."

['제4의 벽'이 격렬하게 흔들립니다.]

고작 말 몇 마디 들었다고, 세계 전체가 흔들리는 것 같다.

확실히 알겠다. 내게 이 사람은, 내가 싫어하는 '현실'을 가장 강하게 상기시키는 사람이다.

"알았니?"

[성흔, '자기합리화 Lv.1'가 발동합니다.]

싫다. 이제 와서 어머니 노릇을 하려는 저 태도가. 모든 것을 되돌리기에는 이미 너무 많은 강을 건너와버렸는데.

['제4의 벽'의 흔들림이 잦아듭니다.]

나는 더는 참을 수 없어서 벌떡 일어나며 말했다.

"맞아요. 나는 '허구를 현실처럼' 생각해요. 왜냐고? 줄곧 그렇게 살아왔으니까."

"……."

"당신 눈엔 그게 한심해 보일지도 모르지. 하지만 이건 알아 둬. 난 적어도, 당신이 그랬듯 '현실을 허구처럼' 팔아넘기지는 않아."

그 말을 끝으로 나는 천막을 젖히고 밖으로 나왔다. 서늘한 공기가 코트 깃을 파고들었다. 옷깃을 여미며 앞을 보는데 유상아가 눈을 동그랗게 뜬 채 서 있었다.

"죄송해요…… 독자 씨가 너무 늦으셔서……."

곤란하다. 아니, 곤란하기보다는…… 어쩐지 민망하다.

"……혹시 들었어요?"

유상아가 미안하다는 듯 고개를 푹 숙였다. 그녀의 작은 정수리가 보였다. 나는 한숨을 내쉬었다.

"조금 걸을까요?"

우리는 용산역 플랫폼을 따라 발을 맞춰 걸었다. 아까는 분명 찬바람이었는데, 그새 기온이 변했는지 뺨을 스치는 바람의 느낌이 달라져 있었다. 머리 감을 시간도 없었을 텐데, 흩날리는 유상아의 머리카락에서는 좋은 향기가 났다.

"숙취는 좀 어때요?"

"괜찮아요. 그런데 저 업고 오셨다고 들었어요. 죄송해요. 또 민폐만 끼쳤네요."

"저 돌봐주시느라 그런 건데요 뭐."

우리는 잠시 침묵했다.

"뭔가 이상하다고 생각하시죠? 왜 어머니랑 아들이 이런 식으로 대화하는지."

"그렇지 않아요."

그렇지 않기는. 세상에서 가장 이상하다는 표정인데.

"알고 싶어요?"

유상아의 눈빛이 한순간 흔들렸다.

"……실례가 안 된다면요."

나는 옅게 웃었다. 그래, 이제 말할 때도 되었지. 나는 잠시 말을 고르다가 허공에 숨을 한 번 뱉고는, 과장되게 비장한 목소리로 입을 열었다.

"우리 어머니는 아버지를 죽였어요."

이상하게도, 내 말은 우스꽝스럽게 들렸다. 내 입으로 말하는데 꼭 다른 사람 이야기 같았다.

"그 죄로 감옥에 갔고요."

나는 계속해서 말했다.

"아버지…… 이렇게 말하면 좀 그럴지도 모르지만, 솔직히 죽어도 싼 사람이었어요. 가정 폭력에, 도박에, 보증에…… 우린 매일 맞으면서 살았거든요. 멍이 가시는 날이 없었어요. 그러다가 어느 날 어머니가 결심을 했고, 일이 터진 거죠."

"아……."

"회사에 있을 때도 꽤 소문난 줄 알았는데, 유상아 씨는 모르셨나 봐요?"

유상아는 대답이 없었다. 뒤늦게 깨달았으리라. 건드리면 안 될 상처를 건드렸다는 것을.

"이제 더욱 이상하다고 느끼고 계시죠? 법적으론 분명 잘못했지만, 그런 어머니를 제가 왜 미워하는지, 심정적으론 이해하지 못하시겠죠."

"아니에요! 제가 독자 씨가 아니라서 완전히 이해는 못 해도……."

"솔직히 제가 용서해야 한다고 생각하시죠?"

유상아는 말을 잇지 못했다. 그래도 어쩔 수 없다. 건드린 상처는 이미 터졌으니까. 나는 어색한 침묵이 차오를 때쯤 다시 입을 열었다.

"《지하살인자의 수기》라는 책, 혹시 알아요? 예전에 베스트셀러에 오른 적도 있는데."

갑자기 나온 책 이야기. 유상아는 화제가 바뀌었다고 생각했는지 살짝 반색하며 말했다.

"들어봤어요. 굉장한 베스트셀러였죠?"

"학대당하던 여자가 남편을 죽인 후 감옥에서 쓴 에세이죠. 평론가들에게 극찬받았어요. 에세이 문학에서 한국판《지하생활자의 수기》가 나왔다면서요. 물론 완전히 과대평가지만."

거기까지 들은 유상아의 표정이 급격하게 어두워졌다. 눈치챈 것이다. 화제는 조금도 바뀌지 않았음을.

"맞아요. 우리 어머니가 쓴 거예요."

유상아의 입술이 작게 벌어졌다.

"지금도 생각나요. 집 앞에 기자들 잔뜩 찾아왔던 거. 에세이 내용이 모두 진짜냐면서 묻던 말들, 전부."

"......."

"반 친구들이 한 말도 하나하나 다 기억해요. 네 엄마, 살인한 거 팔아서 돈 버냐고."

"독자 씨……."

"친척들도 말했어요. 대체 네 어미는 살인범이 무슨 낯짝으로 신문에 얼굴을 들이미느냐고."

유상아가 뭔가 말하려다 입을 다물었다.

"조금 힘들었어요. 그것 때문에. 아니, 어쩌면 꽤 오랫동안."

"......."

"살인자의 자식이라는 것까진 견딜 만해요. 하지만 그게 이야기가 되어 팔려나가는 건 다른 종류의 문제예요. 내 삶이 누군가에 의해 돈으로 바뀌는 건…… 전혀 다른 문제라고요."

나는 하늘을 보았다. 아직 밤이 아닌데 성좌들이 나를 바라보고 있다는 사실이 여느 때보다 확실하게 느껴졌다. 아마 이것도 그들에게는 이야기가 되고 있겠지. 그러나 어떤 성좌도 지금만큼은 후원을 하지 않았다. 다행이라 생각해야 할까? 알 수 없었다.

"아직도 내가 어머니를 용서해야 한다고 생각하세요?"

대답은 바라지 않는다. 애초에 이해를 바라고 한 말이 아니니까. 어쩌면 배배 꼬인 내가 유복한 가정에서 자라온 유상아에게 저지를 수 있는 가장 추악한 형태의 폭력일지 모른다. 멋대로 자신의 불행을 전시해놓고는 불가능한 이해를 강요하는 일. 착한 유상아는 불가능한 일임을 알기에 슬퍼할 것이다.

나는 혼자서 알 수 없는 승리감에 도취되어 웃었다.

"미안해요. 사실 다 농담이었어요."

"네?"

"다 거짓말이에요. 깜빡 속았죠? 그런 소설 같은 일이 있을 리 없잖아요? 어머니랑 나는 그냥 평범한 모자 사이고, 아버지는 그냥 어릴 때 사고로……."

작고 보드라운 뭔가가 내 손에 감겼다. 그 감촉이 너무 포근해서 나는 하려던 말을 잊고 말았다.

잠시. 아주 잠시, 걸음이 멈췄다.

유상아는 나를 보지 않았다. 그랬기에 나 역시 그녀를 보지 않았다. 마주 보지 않은 채 손을 잡고 걸었다. 그것만으로도 충분하다는 듯이. 정말 이상하게도 마음이 조금씩 차분해졌다.

['제4의 벽'이 희미하게 흔들립니다.]

어쩌면 너무나 현실적인 체온이었기에 그랬는지도 모른다.

"독자 씨!"

역 입구에서 일행들이 달려오는 소리가 들려서 우리는 반사적으로 손을 놓았다. 정희원이 물었다.

"뭐야, 또 둘이 키스했어요?"

"키, 키스요?"

"유상아 씨 얼굴 빨개지는 것 봐. 했네, 했어!"

확실히 내가 유상아를 조금만 더 몰랐더라면 충분히 착각할 법한 표정이었다.

"그만 놀리세요. 아무 일도 없었습니다."

"예에, 어련하시겠어요."

정희원이 나를 돌아보며 말을 이었다.

"이상한 할머니가 찾아왔어요. 혹시 독자 씨가 불렀어요?"

일행 뒤쪽에서 지팡이를 짚은 노파가 걸어 나왔다.

"흘흘, 이 늙은 몸이 무슨 쓸모가 있다고……."

할머니는 어머니의 그룹에 소속된 다른 방랑자와 마찬가지로 하늘색 수감복을 입고 있었다. 죄수번호 406번. 역시 일 처리가 빠른 사람이다.

"그쪽 젊은이가 김독자인가?"

"네, 접니다."

"수경 씨한테 이야기는 많이 들었네. 잘 부탁함세."

"저도 잘 부탁드립니다."

수경은 어머니의 이름이다. 나는 일행을 돌아보며 말했다.

"제가 부른 분이 맞습니다. 이제 출발하죠."

우리는 곧장 용산역을 나와 사람들이 모여 있는 장소로 갔다. 이미 유중혁 일행과 왕들이 와 있었다.

그레이트 홀을 통해, 새하얀 수정이 하늘에서 천천히 떨어지고 있었다. 휘황한 빛을 뿌리는 수정.

[워프 크리스털].

우리를 다음 시나리오 지역으로 이동시켜줄 아이템이었다.

[PART 1 - 06에서 계속]

전지적 독자 시점

Omniscient
Reader's
Viewpoint

전지적 독자 시점 PART 1 - 05

1판 1쇄 발행 2022년 1월 20일 **1판 6쇄 발행** 2024년 7월 26일
지은이 싱숑
펴낸이 박강휘
편집 박정선, 박규민 **디자인** 홍세연, 윤석진

발행처 김영사
주소 경기도 파주시 문발로 197(문발동) 우편번호 10881
등록 1979년 5월 17일(제406-2003-036호)
주문 및 문의 전화 031)955-3200 **팩스** 031)955-3111
편집부 전화 02)3668-3291 **팩스** 02)745-4827 **전자우편** literature@gimmyoung.com
비채 블로그 blog.naver.com/viche_books **인스타그램** @drviche, @viche_editors
트위터 @vichebook
ISBN 978-89-349-6735-4 04810 책값은 뒤표지에 있습니다.

비채는 김영사의 문학 브랜드입니다.